常见劳动法律纠纷即查即用丛书

劳动争议处理

中国法制出版社
CHINA LEGAL PUBLISHING HOUSE

图书在版编目（CIP）数据

劳动争议处理/《常见劳动法律纠纷即查即用丛书》编写组编．—北京：中国法制出版社，2008.10

（常见劳动法律纠纷即查即用丛书）

ISBN 978 - 7 - 5093 - 0793 - 9

Ⅰ．劳⋯　Ⅱ．常⋯　Ⅲ．劳动争议 - 处理 - 法规 - 中国 - 问答　Ⅳ．D922.591.5

中国版本图书馆 CIP 数据核字（2008）第 149180 号

常见劳动法律纠纷即查即用丛书

劳动争议处理

LAODONG ZHENGYI CHULI

经销/新华书店

印刷/涿州市新华印刷有限公司

开本/880×1230 毫米　32　　　　　印张/5.25　字数/112 千

版次/2008 年 11 月第 1 版　　　　　2008 年 11 月第 1 次印刷

中国法制出版社出版

书号 ISBN 978 - 7 - 5093 - 0793 - 9　　　　定价：15.00 元

北京西单横二条 2 号　邮政编码 100031　　　　传真：66031119

网址：http：//www.zgfzs.com　　　　　编辑部电话：66026587

市场营销电话：66033393　　　　　　　邮购部电话：66033288

出版说明

　　面对生活中发生的劳动法律纠纷，您是否能迅速找到处理纠纷的办法？在处理纠纷时，您首先需要知道，法律对此纠纷有哪些规定？这些法律信息对纠纷的解决起着至关重要的作用。可是法律条文不计其数，哪一条才是您真正需要的呢？

　　为了让您迅速查找到所需要解决法律问题的准确法律规定，也即解决问题的答案，我们精心编辑了此套"常见劳动法律纠纷即查即用"丛书。丛书具有以下特点：

　　1. 明确列出常见的各种劳动纠纷或难题，力求覆盖相关领域可能发生的所有纠纷，以备您对号入座进行检索。

　　2. 针对问题，以准确的法律规定直接作解答，免去您在纷繁复杂法律规定中的寻找之苦。

　　3. 收录纠纷常用法律规定，以及纠纷常用法律文书，助您轻松应对纠纷。

　　如果您有其他问题，尽可将您的难题发至责任编辑的电子邮箱：Guoshanshan@chinalaw.gov.cn。我们将尽力为您解决问题。

编　者

2008 年 10 月

热点纠纷速查

■ 劳动争议一般解决

■ 劳动争议调解

目　录

劳动争议一般解决

劳动争议仲裁

劳动争议诉讼

常用核心法规

（2007 年 12 月 29 日）

重点提示

1. 适用范围（第 2 条） ·············· 第 111 页
2. 调解协议履行中的支付令（第 16
   条） ················ 第 113 页
3. 仲裁申请和应载明的事项（第 28
   条） ················ 第 115 页
4. 申请撤销裁决（第 49 条） ········ 第 119 页

劳动争议一般解决

LAO DONG ZHENG YI YI BAN

JIE JUE

1. 《劳动争议调解仲裁法》适用于哪些劳动争议？

【法律解答】《中华人民共和国劳动争议调解仲裁法》第2条规定，中华人民共和国境内的用人单位与劳动者发生的下列劳动争议，适用本法：（一）因确认劳动关系发生的争议；（二）因订立、履行、变更、解除和终止劳动合同发生的争议；（三）因除名、辞退和辞职、离职发生的争议；（四）因工作时间、休息休假、社会保险、福利、培训以及劳动保护发生的争议；（五）因劳动报酬、工伤医疗费、经济补偿或者赔偿金等发生的争议；（六）法律、法规规定的其他劳动争议。

劳动争议的主体是用人单位和劳动者。根据我国劳动法和相关政策的规定，目前受劳动法调整的用人单位是指：各类企业、个体经济组织、实行企业化管理的事业单位、与劳动者签订劳动合同的国家机关、事业单位和社会团体；劳动者是指与上述用人单位建立了劳动关系、达到法定就业年龄和具有劳动能力的公民。在广义的劳动争议概念中，劳动争议的主体比狭义的概念更宽一些，包括劳动者组织——工会和用人单位组织——雇主组织。在集体争议中，因签订或履行集体合同发生的争议，工会作为劳动者的代表可以成为争议的主体。而随着我国集体协商和集体合同制度的发展，特别是区域性和行业性集体协商的开展，雇主组织也可成为这类争议的一方主体。

劳动争议的内容是因实现劳动权利和履行劳动义务，或因劳动关系发生的。狭义的劳动争议将争议的内容界定在劳动权利和劳动义务这一构成劳动法律关系的内容上，而劳动权利和义务一般是通过劳动法律法规、劳动合同和集体合同加以确定的，因此，劳动争议通常表现为因执行劳动法律法规，履行劳动合同和集体合同发生的争议。广义劳动争议将劳动法律关系的内容扩大为劳动关系的内容，不仅包括狭义劳动争议，还包括没有法律规定或未签订劳动合同而发生的事实劳动关系引起的争议，以及在签订、修改集体合同中引起的争议。

2. 用人单位向劳动者提出解除劳动合同并与劳动者协商一致解除劳动合同的还需要向劳动者支付经济补偿吗?

【法律解答】《中华人民共和国劳动合同法》第 46 条规定,有下列情形之一的,用人单位应当向劳动者支付经济补偿:

(一)劳动者依照本法第三十八条规定解除劳动合同的;

(二)用人单位依照本法第三十六条规定向劳动者提出解除劳动合同并与劳动者协商一致解除劳动合同的;

(三)用人单位依照本法第四十条规定解除劳动合同的;

(四)用人单位依照本法第四十一条第一款规定解除劳动合同的;

(五)除用人单位维持或者提高劳动合同约定条件续订劳动合同,劳动者不同意续订的情形外,依照本法第四十四条第一项规定终止固定期限劳动合同的;

(六)依照本法第四十四条第四项、第五项规定终止劳动合同的;

(七)法律、行政法规规定的其他情形。

因此,用人单位与劳动者协商一致,可以解除劳动合同。如果是用人单位向劳动者提出解除劳动合同,虽然双方协商一致解除,用人单位仍然需要向劳动者支付经济补偿。如果是劳动者提出解除,用人单位则不需要支付经济补偿。

3. 什么是"协调劳动关系三方机制"?

【法律解答】《中华人民共和国劳动争议调解仲裁法》第 8 条和《中华人民共和国劳动合同法》第 5 条规定,县级以上人民政府劳动行政部门会同工会和企业方面代表建立协调劳动关系三方机制,共同研究解决劳动争议的重大问题。

《中华人民共和国工会法》第 34 条规定,各级人民政府劳动行政部门应当会同同级工会和企业方面代表，建立劳动关系三方协商机制，共同研究解决劳动争议方面的重大问题。

协调劳动关系三方机制，通常也称为劳动关系三方原则，是指政府（通常以劳动部门为代表）、雇主和工人三方之间，就制定和实施经济和社会政策而进行的所有交往和活动。根据工会法的规定，各级人民政府劳动行政部门应当会同同级工会和企业方面代表，建立劳动关系三方协商机制，共同研究解决劳动关系方面的重大问题。"三方机制"的主要职能：一是进行磋商和咨询，三方要就劳动关系方面的重大问题进行磋商和咨询。二是谈判，三方平等地在一起协商谈判。谈判过程中各方要有所让步，形成协议。三是调解和仲裁。对客观存在着的劳动关系矛盾进行协调，对劳动争议进行仲裁。协调劳动关系三方机制是国际上许多国家的通行做法，实践证明这一机制能够缓解劳动关系双方矛盾、稳定劳动关系，能够维护企业和职工的合法权益，对于促进经济发展和社会进步起到重要作用。

4. 哪些纠纷不属于劳动争议？对于不被劳动争议仲裁委员会受理的应该怎么办？

【法律解答】《最高人民法院关于审理劳动争议案件适用法律若干问题的解释（二）》第 7 条规定，下列纠纷不属于劳动争议：

（一）劳动者请求社会保险经办机构发放社会保险金的纠纷；

（二）劳动者与用人单位因住房制度改革产生的公有住房转让纠纷；

（三）劳动者对劳动能力鉴定委员会的伤残等级鉴定结论或者对职业病诊断鉴定委员会的职业病诊断鉴定结论的异议纠纷；

（四）家庭或者个人与家政服务人员之间的纠纷；

（五）个体工匠与帮工、学徒之间的纠纷；

（六）农村承包经营户与受雇人之间的纠纷。

《最高人民法院关于审理劳动争议案件适用法律若干问题的解释》第 2 条规定，劳动争议仲裁委员会以当事人申请仲裁的事项不属于劳动争议为由，作出不予受理的书面裁决、决定或者通知，当事人不服，依法向人民法院起诉的，人民法院应当分别情况予以处理：

（一）属于劳动争议案件的，应当受理；

（二）虽不属于劳动争议案件，但属于人民法院主管的其他案件，应当依法受理。

5. 因订立、履行、变更、解除和终止劳动合同发生的争议主要包括哪些情形？

【**法律解答**】根据《中华人民共和国劳动争议调解仲裁法》第2条第（二）项的规定，中华人民共和国境内的用人单位与劳动者发生的因订立、履行、变更、解除和终止劳动合同发生的争议适用本法。

劳动合同的订立是指劳动者和用人单位达成建立劳动关系的合意，并对相关的事项进行约定。劳动合同的订立是劳动合同的核心。

劳动合同的履行是指劳动合同订立后，劳动者和用人单位依据合同的约定，按照诚实信用、全面履行的原则积极履行劳动合同。劳动者按照约定提供劳动，用人单位按照约定和法律的规定提供劳动条件和劳动保护，最主要的是及时足额支付工资，及时办理各种社会保险，提供各种社会福利，切实保护劳动者的人身和财产安全。在劳动合同履行的过程中，用人单位变更名称、法定代表人、主要负责人或投资人等事项，不影响劳动合同的履行。用人单位发生合并或分立等情况，原劳动合同继续有效，劳动合同由承继其权利和义务的用人单位继续履行。

劳动合同的变更是指劳动者和用人单位协商一致，以书面形式对原劳动合同的约定条款进行变更，对劳动关系达成新的合意。由于生产经营情况经常发生变化，用人单位和劳动者的情况也会发生变化，所以劳动合同可能也需要作出调整，但是，这种变更和调整必须经过劳动者和用人单位协商一致，且必须采取书面形式才能进行。

劳动合同的解除是指在劳动合同有效成立后，当法定或约定的解除条件具备时，因劳动合同当事人一方或双方的意思表示，使劳动合同关系消灭的行为。劳动合同的解除以有效成立的劳动合同为标的，并且必须具备解除的条件，原则上必须要有解除行为（解除行为包括当事人双方协商同意和解除权人一方发出解除的意思表示），解除的效果是劳动合同关系消灭。劳动合同的解除包括劳动者和用人单位协商一致解除，劳动者任意预告解除和任意即刻解除，用人单位任意即刻解除，预告或代通知金解除和预告裁员。劳动合同法还规定了用人单位预告解除禁止制度。

劳动合同的终止又称为劳动合同的消灭，是指劳动合同在客观上不复存在了，劳动合同权利义务关系归于消灭。劳动合同的终止不同于劳动合同的解除，劳动合同的终止不需要当事人的解除行为，它是劳动合同客观上归于消灭的法律事实。主要包括：劳动合同期满，劳动者死亡或宣告死亡，用人单位破产或解散，劳动者开始享受基本养老保险待遇等。

6. 因除名、辞退和辞职、离职发生的争议是否适用《劳动争议调解仲裁法》？

【法律解答】根据《中华人民共和国劳动争议调解仲裁法》第2条的规定，因除名、辞退和辞职、离职发生的争议适用本法。

《中华人民共和国劳动合同法》第 39 条规定，劳动者有下列情形之一的，用人单位可以解除劳动合同：

（一）在试用期间被证明不符合录用条件的；

（二）严重违反用人单位的规章制度的；

（三）严重失职，营私舞弊，给用人单位造成重大损害的；

（四）劳动者同时与其他用人单位建立劳动关系，对完成本单位的工作任务造成严重影响，或者经用人单位提出，拒不改正的；

（五）因本法第二十六条第一款第一项规定的情形致使劳动合同无效的；

（六）被依法追究刑事责任的。

除名一般是针对无正当理由经常旷工，经批评教育无效，且旷工时间超过法定期限的职工。

《中华人民共和国劳动合同法》第41条规定，有下列情形之一，需要裁减人员二十人以上或者裁减不足二十人但占企业职工总数百分之十以上的，用人单位提前三十日向工会或者全体职工说明情况，听取工会或者职工的意见后，裁减人员方案经向劳动行政部门报告，可以裁减人员：

（一）依照企业破产法规定进行重整的；

（二）生产经营发生严重困难的；

（三）企业转产、重大技术革新或者经营方式调整，经变更劳动合同后，仍需裁减人员的；

（四）其他因劳动合同订立时所依据的客观经济情况发生重大变化，致使劳动合同无法履行的。

裁减人员时，应当优先留用下列人员：

（一）与本单位订立较长期限的固定期限劳动合同的；

（二）与本单位订立无固定期限劳动合同的；

（三）家庭无其他就业人员，有需要扶养的老人或者未成年人的。

用人单位依照本条第一款规定裁减人员，在六个月内重新招用人员的，应当通知被裁减的人员，并在同等条件下优先招用被裁减的人员。

辞退是用人单位解雇职工的一种行为，是指用人单位由于某种原因与职工解除劳动关系的一种措施。根据原因的不同，可分为违纪辞退和正常辞退。违纪辞退是指用人单位对严重违反劳动纪律或企业内部规章，但未达到被开除、除名程度的职工，依法强行解除劳动关系的一种处理措施。正常辞退是指用人单位根据生产经营状况和职工的情况，依据改革过程中国家和地方有关转换企业经营机制，安置富余人员的政策规定解除与职工劳动关系的一种措施。

辞职是劳动者向用人单位提出解除劳动关系的行为。

《中华人民共和国劳动合同法》第37条规定，劳动者提前三十日以书面形式通知用人单位，可以解除劳动合同。劳动者在试用期内提前三日通知用人单位，可以解除劳动合同。

离职是指职工不履行解除或终止劳动合同手续，擅自出走离岗，或者解除劳动关系手续没有办理完毕而离开单位。这种不辞而别的行为通常没有经过法定的预告程序，常常会给用人单位造成经济损失，用人单位也往往会主张由该劳动者承担损害赔偿责任。

7. 因工作时间、休息休假、社会保险、福利、培训以及劳动保护发生的争议是否适用《劳动争议调解仲裁法》？

【法律解答】根据《劳动争议调解仲裁法》第 2 条的规定，因工作时间、休息休假、社会保险、福利、培训以及劳动保护发生的争议也是日常生活中经常发生的劳动争议，适用本法。

工作时间是指在劳动法规定的法定的工作时间幅度内，劳动者和用人单位约定的具体的工作时间，包括标准工作日、缩短工作日、不定时工作日、综合计算工作日、计件工作时间等。还包括不得擅自延长工作时间的法定要求。劳动法对最高工时有法定的强制性要求。

休息是指法定的劳动者休息的权利，包括单个工作日内的间隙休息，两个工作日之间的休息时间以及休假日的休息。休假是指劳动者带薪休息，是劳动者享有的带有工资保障的休息时间，包括法定节假日、年休假、探亲假等假期。

社会保险是指为了确保劳动者的生存和身体健康、保障劳动者在其年老、生病、死亡、伤残、失业以及发生其他生活困难时给予物质帮助，国家通过立法强制征缴专门资金的制度。劳动领域里针对劳动者的社会保险主要包括养老、工伤、医疗、大病、失业、生育等保险。

福利，一般又称职工福利，是指用人单位为了方便职工生活，解决职工个人无法解决的生活困难，改善职工生活条件，提高职工生活水平，通过举办集体生活设施和建立补贴制度的方式而建立的一种福利事业。

培训，是指对劳动者进行专业技术知识和实际操作技能的教育和训练，包括职业技能培训和其他职业教育等。

劳动保护是指为了保障劳动者在劳动过程中的安全和健康，而采取的各种安全卫生措施，包括劳动安全技术规程、劳动卫生规程、企业安全卫生管理制度、劳动安全卫生培训等。由于现代科学技术的发展，劳动过程中对劳动者安全的损害日益严重和复杂，很多都是难以直观觉察的，因此劳动保护争议的问题将周期更长，更复杂多样。

8. 因劳动报酬、工伤医疗费、经济补偿或者赔偿金等发生的争议是否适用《劳动争议调解仲裁法》？

【法律解答】根据《劳动争议调解仲裁法》第 2 条的规定，因劳动报酬、工伤医疗费、经济补偿或者赔偿金等发生的争议适用本法。

因劳动报酬、工伤医疗费、经济补偿或者赔偿金等发生的争议，主要表现为金钱给付义务的争议。这类劳动争议不仅仅局限于以上四类，还应当包括其他和劳动关系密切相关的其他金钱给付义务的纠纷，例如由于一些特殊费用和开支的支付而引发的争议。

劳动报酬主要是指劳动工资。劳动法明确规定用人单位应当以货币形式及时足额向劳动者支付工资，但是，现实生活中用人单位恶意欠薪问题严重。

工伤医疗费是指劳动者在劳动过程中出现工伤事故，对劳动者进行医疗救治发生的各种费用。用人单位应当及时足额支付工伤医疗费以及其他相关费用。

经济补偿，即经济补偿金，是指在法定的劳动合同解除或终止情形下，用人单位应当严格依据劳动合同法和相关法律法规的规定向劳动者支付经济补偿金。经济补偿金的支付是依法支付的。

赔偿金是指用人单位违法或违约时，依照法律规定或约定向劳动者支付的损害赔偿金或法定赔偿金。法定赔偿金基于法律的规定支付，不以劳动者的实际损害为前提。在劳动合同法中，用人单位应当支付赔偿金的情形主要包括：用人单位违法解除或终止劳动合同；用人单位逾期支付劳动者的劳动报酬、加班费、或经济补偿；不具备合法经营资格的用人单位违法犯罪时劳动者已付出劳动的；违法约定的试用期已经履行的等情形。

9. 事业单位与实行聘用制的工作人员发生的争议是否适用《劳动争议调解仲裁法》?

【法律解答】根据《劳动争议调解仲裁法》第 2 条的规定，事业单位与实行聘用制的工作人员发生的争议适用本法。

《中华人民共和国劳动合同法》第 96 条规定，事业单位与实行聘用制的工作人员订立、履行、变更、解除或者终止劳动合同，法律、行政法规或者国务院另有规定的，依照其规定；未作规定的，依照本法有关规定执行。

事业单位是在我国单位体制下的一种带有鲜明国家特色的单位机制。事业单位分为全额拨款、差额拨款、自收自支、企业化管理等类型。事业单位人员结构归纳起来分为三类：第一类是由事业单位上级主管部门任命的事业单位领导干部，该类人员由上级部门任免；第二类是编制内聘用人员，包括签订聘用合同的编制内聘用人员和无须签订聘用合同的编制内聘用人员，该类人员属于事业编制内的国家干部和职工；第三类是编制外人员，包括档案内部管理的编外人员和档案外部管理的编外人员，编外人员一般实行企业化管理，与事业单位签订劳动合同，该类人员和用人单位之间是劳动关系，可以完全适用劳动争议调解仲裁法。

对于第二类人员，即属于事业单位实行聘用制的工作人员，如果与事业单位发生劳动争议的，应当适用劳动争议调解仲裁法，但是，法律、行政法规或国务院另有规定的除外。这主要是由于我国复杂的事业单位分类和我国复杂的人事关系，需要对一些特殊的事业单位和人员进行特殊的规定。因此劳动争议调解仲裁法的受理范围与劳动合同法保持了一致。这样既解决了劳动争议调解仲裁法与现行的事业单位人事管理制度的衔接，也为事业单位人事制度改革留下了空间。

10. 劳动者对劳动争议仲裁委员会的仲裁决定不服可以提起行政复议吗？

【法律解答】《劳动和社会保障行政复议办法》第5条规定，公民、法人或者其他组织对下列事项，不能申请行政复议：（一）劳动者与用人单位之间在执行劳动保障法律、法规、规章及其他规范性文件中发生的劳动争议；（二）对劳动鉴定委员会作出的伤残等级鉴定结论不服的；（三）对劳动争议仲裁委员会作出的仲裁决定或者裁决不服的；（四）向人民法院提起行政诉讼，人民法院已经依法受理的；（五）法律、法规规定的其他情形。

《中华人民共和国劳动法》第83条规定，劳动争议当事人对仲裁裁决不服的，可以自收到仲裁裁决书之日起15日内向人民法院提起诉讼。一方当事人在法定期限内不起诉又不履行仲裁裁决的，另一方当事人可以申请人民法院强制执行。

因此，劳动者对劳动争议仲裁委员会的仲裁决定不服的不可以提起行政复议，可以依法向人民法院提起劳动诉讼，要求人民法院依法做出处理。

11. 劳动者对劳动违法行为可以采取何种方式维护自己的合法权益？

【法律解答】《关于实施〈劳动保障监察条例〉若干规定》第10条规定，任何组织或个人对用人单位违反劳动保障法律的行为都有权向劳动保障行政部门举报。

第11条规定，劳动保障行政部门对举报人反映的违反劳动保障法律的行为应当依法予以查处，并应当为举报人保密；对举报属实，为查处重大违反劳动保障法律的行为提供主要线索和证据的举报人，劳动保障监察部门还可以给予奖励。

第 12 条规定，劳动者对用人单位违反劳动保障法律、侵犯其合法权益的行为，有权向劳动保障行政部门投诉。对同一事由引起的集体投诉，投诉人可推荐代表投诉。

第 13 条规定，投诉应当由投诉人向劳动保障行政部门递交投诉文书。书写投诉文书确有困难的，可以口头投诉，由劳动保障监察机构进行笔录，并由投诉人签字。

第 18 条规定，对符合下列条件的投诉，劳动保障行政部门应当在接到投诉之日起 5 个工作日内依法受理，并于受理之日立案查处：

（一）违反劳动保障法律的行为发生在 2 年内的；

（二）有明确的被投诉用人单位，且投诉人的合法权益受到侵害是被投诉用人单位违反劳动保障法律的行为所造成的；

（三）属于劳动保障监察职权范围并由受理投诉的劳动保障行政部门管辖。

对不符合第一款第（一）项规定的投诉，劳动保障行政部门应当在接到投诉之日起 5 个工作日内决定不予受理，并书面通知投诉人。

对不符合第一款第（二）项规定的投诉，劳动保障监察机构应当告知投诉人补正投诉材料。

对不符合第一款第（三）项规定的投诉，即对不属于劳动保障监察职权范围的投诉，劳动保障监察机构应当告诉投诉人；对属于劳动保障监察职权范围但不属于受理投诉的劳动保障行政部门管辖的投诉，应当告知投诉人向有关劳动保障行政部门提出。

因此，劳动者可以在单位劳动违法行为发生之日起的 2 年内向劳动保障监察部门举报或者投诉，并要求劳动保障部门为自己的举报行为保密。

12. 在什么情况下用人单位可以解除同劳动者的合同？用人单位招用尚未解除劳动合同的劳动者，发生劳动争议后怎么办？

【法律解答】《中华人民共和国劳动合同法》第 36 条规定，用人单位与劳动者协商一致，可以解除劳动合同。

第 39 条规定，劳动者有下列情形之一的，用人单位可以解除劳动合同：

（一）在试用期间被证明不符合录用条件的；

（二）严重违反用人单位的规章制度的；

（三）严重失职，营私舞弊，给用人单位造成重大损害的；

（四）劳动者同时与其他用人单位建立劳动关系，对完成本单位的工作任务造成严重影响，或者经用人单位提出，拒不改正的；

（五）因本法第二十六条第一款第一项规定的情形致使劳动合同无效的；

（六）被依法追究刑事责任的。

第 40 条规定，有下列情形之一的，用人单位提前三十日以书面形式通知劳动者本人或者额外支付劳动者一个月工资后，可以解除劳动合同：

（一）劳动者患病或者非因工负伤，在规定的医疗期满后不能从事原工作，也不能从事由用人单位另行安排的工作的；

（二）劳动者不能胜任工作，经过培训或者调整工作岗位，仍不能胜任工作的；

（三）劳动合同订立时所依据的客观情况发生重大变化，致使劳动合同无法履行，经用人单位与劳动者协商，未能就变更劳动合同内容达成协议的。

《最高人民法院关于审理劳动争议案件适用法律若干问题的解释》第 11 条规定，用人单位招用尚未解除劳动合同的劳动者，原用人单位与劳动者发生的劳动争议，可以列新的用人单位为第三人。

原用人单位以新的用人单位侵权为由向人民法院起诉的，可以列劳动者为第三人。

原用人单位以新的用人单位和劳动者共同侵权为由向人民法院起诉的，新的用人单位和劳动者列为共同被告。

13. 用人单位支付劳动者劳动报酬时应该注意些什么？

【法律解答】《中华人民共和国劳动法》第 46 条规定，工资分配应当遵循按劳分配原则，实行同工同酬。

工资水平在经济发展的基础上逐步提高。国家对工资总量实行宏观调控。

第 47 条规定，用人单位根据本单位的生产经营特点和经济效益，依法自主确定本单位的工资分配方式和工资水平。

《劳动法》第 46 条中的"工资"是指用人单位依据国家有关规定或劳动合同的约定，以货币形式直接支付给本单位劳动者的劳动报酬，一般包括计时工资、计件工资、奖金、津贴和补贴、延长工作时间的工资报酬以及特殊情况下支付的工资等。

对用人单位支付工资的行为有如下具体规定：

《工资支付暂行规定》第 5 条规定，工资应当以法定货币支付，不得以实物及有价证券替代货币支付。

第 6 条规定，用人单位应将工资支付给劳动者本人；本人因故不能领取工资时，可由其亲属或委托他人代领。用人单位可委托银行代发工资。用人单位必须书面记录支付劳动者工资的数额、时间、领取者的姓名以及签字，并保存两年以上备查。用人单位在支付工资时应向劳动者提供一份其个人的工资清单。

第 7 条规定，工资必须在用人单位与劳动者约定的日期支付。如遇节假日或休息日，应提前在最近的工作日支付。工资至少每月支付一次，实行周、日、小时工资制的可按周、日、小时支付工资。

第 8 条规定，对完成一次性临时劳动或某项具体工作的劳动者，用人单位应按有关协议或合同规定在其完成劳动任务后即支付工资。

第 9 条规定，劳动关系双方依法解除或终止劳动合同时，用人单位应在解除或终止劳动合同时一次付清劳动者工资。

《违反〈中华人民共和国劳动法〉行政处罚办法》规定，用人单位无故拖欠劳动者工资的，由劳动保障行政部门责令支付劳动者的工资报酬，并加发相当于工资报酬25%的经济补偿金。并可责令用人单位按相当于支付劳动者工资报酬、经济补偿总和的一至五倍支付劳动者赔偿金。

14. 劳动关系双方对劳动报酬和劳动条件约定不明确，引发争议后怎么解决呢？

【法律解答】劳动报酬和劳动条件等标准约定不明确，引发争议的，应当按照如下办法解决：

一、用人单位与劳动者重新协商。劳动合同的内容本来就是合同双方协商确定的，劳动报酬和劳动条件约定不明确，最好的解决方式就是双方重新协商。

二、适用集体合同的规定。

《中华人民共和国劳动合同法》第51条第1款规定，企业职工一方与用人单位通过平等协商，可以就劳动报酬、工作时间、休息休假、劳动安全卫生、保险福利等事项订立集体合同。依法订立的集体合同对用人单位和劳动者具有约束力。因此，如果用人单位和劳动者双方重新协商不成，用人单位又有集体合同的，就应当适用集体合同的规定。

三、没有集体合同或者集体合同也未规定劳动报酬的，用人单位应当对劳动者实行同工同酬。

《中华人民共和国劳动法》第46条规定，工资分配应当遵循按劳分配原则，实行同工同酬。

即用人单位对相同或者相近的工作岗位的劳动者支付大体相同的劳动报酬。

四、对于没有集体合同或者集体合同未规定劳动条件等标准的，应当按照国家有关规定来确定相应事项的标准。除了劳动法，还有很多其他法律、法规对劳动条件等事项作出了相关规定。

15. 用人单位新招用劳动者但未同时订立书面劳动合同，劳动报酬约定不明确的，发生争议时如何确定劳动报酬的标准？

【法律解答】《中华人民共和国劳动合同法》第 11 条规定，用人单位未在用工的同时订立书面劳动合同，与劳动者约定的劳动报酬不明确的，新招用的劳动者的劳动报酬按照集体合同规定的标准执行；没有集体合同或者集体合同未规定的，实行同工同酬。该条对新招用的劳动者的劳动报酬的规定，即适用于从劳动关系成立之日起一个月内未订立劳动合同的情形。

超过一个月仍然未订立劳动合同的，则应当按照《中华人民共和国劳动合同法》第 82 条的规定，用人单位自用工之日起超过一个月不满一年未与劳动者订立书面劳动合同的，应当向劳动者每月支付二倍的工资。

超过一年仍然不与劳动者订立劳动合同的，按照《中华人民共和国劳动合同法》第 14 条规定，无固定期限劳动合同，是指用人单位与劳动者约定无确定终止时间的劳动合同。

用人单位与劳动者协商一致，可以订立无固定期限劳动合同。有下列情形之一，劳动者提出或者同意续订、订立劳动合同的，除劳动者提出订立固定期限劳动合同外，应当订立无固定期限劳动合同：

（一）劳动者在该用人单位连续工作满十年的；

（二）用人单位初次实行劳动合同制度或者国有企业改制重新订立劳动合同时，劳动者在该用人单位连续工作满十年且距法定退休年龄不足十年的；

（三）连续订立二次固定期限劳动合同，且劳动者没有本法第三十九条和第四十条第一项、第二项规定的情形，续订劳动合同的。

用人单位自用工之日起满一年不与劳动者订立书面劳动合同的，视为用人单位与劳动者已订立无固定期限劳动合同。

16. 劳动合同终止的情形包括哪些？劳动关系终止后劳动争议如何处理？

【法律解答】《中华人民共和国劳动法》第23条规定，劳动合同期满或者当事人约定的劳动合同终止条件出现，劳动合同即行终止。

也就是说，《劳动法》规定的劳动合同终止包括两类，一类是法定终止，即劳动合同因期满而终止；另一类是约定终止，即劳动合同因当事人约定的终止条件出现而终止。

《中华人民共和国劳动合同法》第44条规定，有下列情形之一的，劳动合同终止：

（一）劳动合同期满的；

（二）劳动者开始依法享受基本养老保险待遇的；

（三）劳动者死亡，或者被人民法院宣告死亡或者宣告失踪的；

（四）用人单位被依法宣告破产的；

（五）用人单位被吊销营业执照、责令关闭、撤销或者用人单位决定提前解散的；

（六）法律、行政法规规定的其他情形。

《劳动合同法实施条例》第13条规定，用人单位与劳动者不得在劳动合同法第四十四条规定的劳动合同终止情形之外约定其他的劳动合同终止条件。

第21条规定，劳动者达到法定退休年龄的，劳动合同终止。

在劳动法的实施中，一些用人单位随意与劳动者约定劳动合同终止条件，并据此终止劳动合同，使无固定期限劳动合同提前消灭，不能真正起到维护劳动者就业稳定权益的作用；同时，对于劳动者退休、死亡或者用人单位破产等情形下，劳动合同如何处理，法律没有作出规定。为了更好地维护劳动者合法权益，劳动合同法调整了劳动法关于劳动合同终止的规定：

一是取消了劳动合同的约定终止，规定劳动合同只能因法定情形出现而终止。也就是说，劳动合同当事人不得约定劳动合同终止条件，即使约定了，该约定也无效。

二是增加了劳动合同法定终止的情形，即劳动合同终止的法定情形除劳动合同期满（包括固定期限劳动合同期满，以及以完成一定工作任务为期限的劳动合同因该工作任务完成而期满）外，还包括：（1）劳动者开始依法享受基本养老保险待遇的；（2）劳动者死亡，或者被人民法院宣告死亡或者宣告失踪的；（3）用人单位被依法宣告破产的；（4）用人单位被吊销营业执照、责令关闭、撤销或者用人单位决定提前解散的；（5）法律、行政法规规定的其他情形。

《最高人民法院关于审理劳动争议案件适用法律若干问题的解释（二）》第4条规定，用人单位和劳动者因劳动关系是否已经解除或者终止，以及应否支付解除或终止劳动关系经济补偿金产生的争议，经劳动争议仲裁委员会仲裁后，当事人依法起诉的，人民法院应予受理。

第5条规定，劳动者与用人单位解除或者终止劳动关系后，请求用人单位返还其收取的劳动合同定金、保证金、抵押金、抵押物产生的争议，或者办理劳动者的人事档案、社会保险关系等移转手续产生的争议，经劳动争议仲裁委员会仲裁后，当事人依法起诉的，人民法院应予受理。

17. 女职工在孕期、产期、哺乳期的，用人单位能以此为由与其解除劳动合同吗？

【法律解答】《中华人民共和国劳动合同法》第40条规定，有下列情形之一的，用人单位提前三十日以书面形式通知劳动者本人或者额外支付劳动者一个月工资后，可以解除劳动合同：

（一）劳动者患病或者非因工负伤，在规定的医疗期满后不能从事原工作，也不能从事由用人单位另行安排的工作的；

（二）劳动者不能胜任工作，经过培训或者调整工作岗位，仍不能胜任工作的；

（三）劳动合同订立时所依据的客观情况发生重大变化，致使劳动合同无法履行，经用人单位与劳动者协商，未能就变更劳动合同内容达成协议的。

第 41 条规定，有下列情形之一，需要裁减人员二十人以上或者裁减不足二十人但占企业职工总数百分之十以上的，用人单位提前三十日向工会或者全体职工说明情况，听取工会或者职工的意见后，裁减人员方案经向劳动行政部门报告，可以裁减人员：

（一）依照企业破产法规定进行重整的；

（二）生产经营发生严重困难的；

（三）企业转产、重大技术革新或者经营方式调整，经变更劳动合同后，仍需裁减人员的；

（四）其他因劳动合同订立时所依据的客观经济情况发生重大变化，致使劳动合同无法履行的。

裁减人员时，应当优先留用下列人员：

（一）与本单位订立较长期限的固定期限劳动合同的；

（二）与本单位订立无固定期限劳动合同的；

（三）家庭无其他就业人员，有需要扶养的老人或者未成年人的。

用人单位依照本条第一款规定裁减人员，在六个月内重新招用人员的，应当通知被裁减的人员，并在同等条件下优先招用被裁减的人员。

第 42 条规定，劳动者有下列情形之一的，用人单位不得依照本法第四十条、第四十一条的规定解除劳动合同：

（一）从事接触职业病危害作业的劳动者未进行离岗前职业健康检查，或者疑似职业病病人在诊断或者医学观察期间的；

（二）在本单位患职业病或者因工负伤并被确认丧失或者部分丧失劳动能力的；

（三）患病或者非因工负伤，在规定的医疗期内的；

（四）女职工在孕期、产期、哺乳期的；

（五）在本单位连续工作满十五年，且距法定退休年龄不足五年的；

（六）法律、行政法规规定的其他情形。

因此，结合以上三条可以看出，女职工在孕期、产期、哺乳期间内用人单位不能对其进行经济性裁员和提前三十天预告解除合同。

18. 用人单位拒不支付劳动者加班费该怎样处理？

【法律解答】《中华人民共和国劳动合同法》第31条规定，用人单位应当严格执行劳动定额标准，不得强迫或者变相强迫劳动者加班。用人单位安排加班的，应当按照国家有关规定向劳动者支付加班费。

《中华人民共和国劳动法》第91条规定，用人单位有下列侵害劳动者合法权益情形之一的，由劳动行政部门责令支付劳动者的工资报酬、经济补偿，并可以责令支付赔偿金：

（一）克扣或者无故拖欠劳动者工资的；

（二）拒不支付劳动者延长工作时间工资报酬的；

（三）低于当地最低工资标准支付劳动者工资的；

（四）解除劳动合同后，未依照本法规定给予劳动者经济补偿的。

《违反和解除劳动合同的经济补偿办法》第3条规定，用人单位克扣或者无故拖欠劳动者工资的，以及拒不支付劳动者延长工作时间工资报酬的，除在规定的时间内全额支付劳动者工资报酬外，还需加发相当于工资报酬百分之二十五的经济补偿金。

《违反〈中华人民共和国劳动法〉行政处罚办法》第6条规定，用人单位拒不支付劳动者延长工作时间工资报酬的，应责令支付劳动者的工资报酬、经济补偿，并可责令按相当于支付劳动者工资报酬、经济补偿总和的一至五倍支付劳动者赔偿金。

由以上条文分析得出：

一、用人单位不得强迫劳动者加班

用人单位安排劳动者加班，依据我国劳动法的规定，需要注意以下几个问题：（1）首先，加班的前提应该是由于生产经营需要而延长职工工作时间。（2）其次，必须与工会协商，经工会同意。（3）再次，与劳动者协商。（4）最后，用人单位安排加班的时间长度必须符合劳动法的限制性规定。

二、用人单位不得变相强迫劳动者加班

用人单位有权自主确定实行计件工资制的劳动者的劳动定额和计件报酬标准，但根据《劳动合同法》第4条的规定，用人单位在制定、修改或者决定劳动定额标准管理制度时，应当经职工代表大会或者全体职工讨论，提出方案和意见，与工会或者职工代表平等协商确定；在劳动定额标准实施过程中，工会或者职工认为用人单位的劳动定额标准不适当的，有权向用人单位提出，通过协商作出修改完善。用人单位违反规定的，应当根据劳动合同法和劳动法律、法规的有关规定承担一定的法律责任。

三、用人单位安排劳动者加班的，应当支付其加班费

加班费的计算标准是平时晚上的加班费是本人工资的150%，双休日是200%，国家法定假日是300%。在休息日安排劳动者工作，又不能安排补休的，支付不低于工资的200%的工资报酬。由此可见，休息日加班后，企业可以首先安排补休，在无法安排补休时，才支付不低于工资200%的加班费。

19. 在什么条件下，劳动合同无效或者部分无效？对此有争议的怎样处理？

【法律解答】《中华人民共和国劳动合同法》第26条规定，下列劳动合同无效或者部分无效：（一）以欺诈、胁迫的手段或者乘人之危，使对方在违背真实意思的情况下订立或者变更劳动合同的；（二）用人单位免除自己的法定责任、排除劳动者权利的；（三）违反法律、行政法规强制性规定的。对劳动合同的无效或者部分无效有争议的，由劳动争议仲裁机构或者人民法院确认。

劳动合同无效，是指劳动合同由于缺少有效要件而全部或部分

不具有法律效力。其中，全部无效的劳动合同，它所确立的劳动关系应予以消灭；部分无效的劳动合同，它所确立的劳动关系可依法存续，只是部分合同条款无效，如果不影响其余部分的效力，其余部分仍然有效。导致劳动合同无效有以下几方面的原因：

（一）劳动合同因违反国家法律、行政法规的强制性规定而无效。包括：（1）用人单位和劳动者中的一方或者双方不具备订立劳动合同的法定资格的；（2）劳动合同的内容直接违反法律、法规的规定；（3）劳动合同因损害国家利益和社会公共利益而无效。

（二）订立劳动合同因采取欺诈、胁迫等手段而无效。包括（1）在没有履行能力的情况下签订合同。（2）行为人负有义务向他方如实告知某种真实情况而故意不告知的。

（三）用人单位免除自己的法定责任、排除劳动者权利的劳动合同无效。

20. 劳动合同生效与建立劳动关系是一回事吗？

【法律解答】《中华人民共和国劳动合同法》第7条规定，用人单位自用工之日起即与劳动者建立劳动关系。用人单位应当建立职工名册备查。

建立劳动关系的唯一标准是实际提供劳动。换言之只要劳动者实际提供劳动，用人单位实际用工，就建立了劳动关系。不论劳动者是否订了书面劳动合同，将受到同等保护。

1. 书面劳动合同签订在前，实际用工在后的，劳动关系自实际提供劳动之日建立。劳动关系的建立后于书面劳动合同的签订日期，劳动关系建立日期之前的书面劳动合同只是具有合同效力，如果合同一方违约，按照民事法律规定追究其违约责任。

2. 实际用工在前，签订书面劳动合同在后，劳动关系早于书面劳动合同建立，劳动关系的建立不受未签订书面劳动合同影响。

3. 劳动者在实际提供劳动的同时签订书面劳动合同的，劳动合同签订期、劳动关系建立期和实际提供劳动期三者是一致的。

21. 在劳动争议解决过程中工会应当发挥什么作用?

【法律解答】《中华人民共和国劳动合同法》第 78 条规定,工会依法维护劳动者的合法权益,对用人单位履行劳动合同、集体合同的情况进行监督。用人单位违反劳动法律、法规和劳动合同、集体合同的,工会有权提出意见或者要求纠正;劳动者申请仲裁、提起诉讼的,工会依法给予支持和帮助。

《中华人民共和国劳动法》第 88 条规定,各级工会依法维护劳动者的合法权益,对用人单位遵守劳动法律、法规的情况进行监督。

任何组织和个人对于违反劳动法律、法规的行为有权检举和控告。

《工会参与劳动争议处理试行办法》第 3 条规定,工会参与处理劳动争议应当遵循下列原则:

(一)依据事实和法律,及时公正处理;

(二)当事人在适用法律上一律平等;

(三)预防为主、基层为主、调解为主;

(四)尊重当事人申请仲裁和诉讼的权利;

(五)坚持劳动争议处理的三方原则。

第 5 条规定,参加劳动争议调解、仲裁工作的工会代表应当遵纪守法、公正廉洁,不得滥用职权、徇私舞弊、收受贿赂、泄露秘密和个人隐私。

22. 在何种情况下,用人单位不能预告解除劳动合同以及在裁减人员时解除劳动合同?

【法律解答】《中华人民共和国劳动合同法》第 42 条规定,劳动者有下列情形之一的,用人单位不得依照本法第四十条、第四十一条的规定解除劳动合同:

(一)从事接触职业病危害作业的劳动者未进行离岗前职业健

康检查，或者疑似职业病病人在诊断或者医学观察期间的；

（二）在本单位患职业病或者因工负伤并被确认丧失或者部分丧失劳动能力的；

（三）患病或者非因工负伤，在规定的医疗期内的；

（四）女职工在孕期、产期、哺乳期的；

（五）在本单位连续工作满十五年，且距法定退休年龄不足五年的；

（六）法律、行政法规规定的其他情形。

即使具备用人单位提前三十日以书面形式通知劳动者可以解除劳动合同以及裁减人员的一般情形，但是如果劳动者有下列情形之一的，根据《中华人民共和国劳动法》第29条的规定，用人单位也不得与劳动者解除劳动合同：（1）患职业病或者因工负伤并被确认丧失或者部分丧失劳动能力的；（2）患病或者负伤，在规定的医疗期内的；（3）女职工在孕期、产期、哺乳期内的；（4）法律、行政法规规定的其他情形。

另外，根据《职业病防治法》的规定，用人单位对未进行离岗前职业健康检查的劳动者不得解除与其订立的劳动合同；在疑似职业病病人诊断或者医学观察期间，不得解除与其订立的劳动合同。

23. 在何种条件下劳动者可以解除劳动合同？

【法律解答】《中华人民共和国劳动合同法》第36条规定，用人单位与劳动者协商一致，可以解除劳动合同。

第37条规定，劳动者提前三十日以书面形式通知用人单位，可以解除劳动合同。劳动者在试用期内提前三日通知用人单位，可以解除劳动合同。

第38条规定，用人单位有下列情形之一的，劳动者可以解除劳动合同：

（一）未按照劳动合同约定提供劳动保护或者劳动条件的；

（二）未及时足额支付劳动报酬的；

（三）未依法为劳动者缴纳社会保险费的；

（四）用人单位的规章制度违反法律、法规的规定，损害劳动者权益的；

（五）因本法第二十六条第一款规定的情形致使劳动合同无效的；

（六）法律、行政法规规定劳动者可以解除劳动合同的其他情形。

用人单位以暴力、威胁或者非法限制人身自由的手段强迫劳动者劳动的，或者用人单位违章指挥、强令冒险作业危及劳动者人身安全的，劳动者可以立即解除劳动合同，不需事先告知用人单位。

劳动合同的解除，是指劳动合同在订立以后，尚未履行完毕或者未全部履行以前，由于合同双方或者单方的法律行为导致双方当事人提前消灭劳动关系的法律行为。劳动者解除劳动合同分为协议解除、单方提前通知解除和因用人单位过错解除三种情况。

24. 当事人怎样才算全面履行劳动合同？

【法律解答】《中华人民共和国合同法》第 60 条规定，当事人应当按照约定全面履行自己的义务。当事人应当遵循诚实信用原则，根据合同的性质、目的和交易习惯履行通知、协助、保密等义务。

因此，劳动合同一经订立便具有法律约束力。用人单位和劳动者的义务主要来源于双方签订的劳动合同，全面履行义务以实现劳动合同双方当事人订立劳动合同时的预期目的。

25. 哪些条款是劳动合同应该具备的条款？

【法律解答】《中华人民共和国劳动合同法》第 17 条规定，劳动合同应当具备以下条款：（一）用人单位的名称、住所和法定代表人或者主要负责人；（二）劳动者的姓名、住址和居民身份证或者其他有效身份证件号码；（三）劳动合同期限；（四）工作内容和工作地点；（五）工作时间和休息休假；（六）劳动报酬；（七）社会保险；（八）劳动保护、劳动条件和职业危害防护；（九）法律、法规规定应当纳入劳动合同的其他事项。劳动合同除前款规定的必备条款外，用人单位与劳动者可以约定试用期、培训、保守秘密、补充保险和福利待遇等其他事项。

劳动合同是劳动关系双方当事人依法约定的明确双方权利和义务的协议。因此，双方订立的劳动合同是否规范，一些重要内容是否进行了约定，对于维护双方尤其是劳动者合法权益，具有十分重要的意义。

26. 在什么情况下可以认定用人单位与劳动者之间已经建立了劳动关系？在此情况下发生纠纷怎样解决？

【法律解答】《中华人民共和国劳动合同法》第 7 条规定，用人单位自用工之日起即与劳动者建立劳动关系。

劳动关系的建立关系到劳动者工资的计算、工龄的起算、社会保险的缴纳等与其密切相关的问题。这也就意味着，判断是否已经建立劳动关系的标准是看劳动者是否已经提供了劳动。因此，劳动关系的建立不是以订立书面劳动合同为标志的。

《最高人民法院关于审理劳动争议案件适用法律若干问题的解释》第 1 条规定，劳动者与用人单位之间没有订立书面劳动合同，但已形成劳动关系后发生的纠纷，也属于劳动法规定的劳动争议。这就意味着用人单位与劳动者之间形成的事实劳动关系也属于劳动法调整的范围。

对此，《劳动和社会保障部关于确立劳动关系有关事项的通知》还对事实劳动关系成立的标准作了规定。《劳动合同法》第 7 条规定劳动关系自实际用工时成立，这就将原来订立劳动合同的情形与事实劳动关系的情形两者统一在了一个概念、一个标准之下了。不过用人单位仍然负有与劳动者订立书面劳动合同的义务。劳动合同法相关条款还特别对用人单位在规定时间不与劳动者订立书面劳动合同的处理办法、法律责任等问题作了明确规定。

27.《劳动争议调解仲裁法》适用于哪些用人单位与劳动者发生的劳动争议？

【法律解答】《中华人民共和国劳动合同法》第 2 条第 1 款规定，中华人民共和国境内的企业、个体经济组织、民办非企业单位等组织（以下称用人单位）与劳动者建立劳动关系，订立、履行、变更、解除或者终止劳动合同，适用本法。

与劳动者建立劳动关系，订立、履行、变更、解除或者终止劳动合同的用人单位一般是指中华人民共和国境内的企业、个体经济组织、民办非企业单位等组织，故而当劳动者与这些用人单位发生劳动争议时适用《劳动争议调解仲裁法》，也即当中华人民共和国境内的企业、个体经济组织、民办非企业单位等组织与劳动者发生劳动争议时适用《劳动争议调解仲裁法》。

企业是以盈利为目的的经济性组织。根据原劳动部发布的《关于贯彻执行〈中华人民共和国劳动法〉若干问题的意见》第 1 条规定，个体经济组织是指雇工在 7 人以下的个体工商户。民办非企业单位，根据《民办非企业单位登记管理暂行条例》的规定，是指企业事业单位、社会团体和其他社会力量以及公民个人利用非国有资产举办的，从事非营利性社会服务活动的社会组织，例如，民办学校、民办医院、民办图书馆、民办博物馆、民办科技馆等等。需要注意的是，上面对用人单位的表述是"企业、个体经济组织、民办非企业单位等组织"，也就是说，除列举的三类组织之外，还有其他的组织，如基金会、会计事务所、律师事务所等，它们的组织形式较为复杂，与列举的三类组织有所不同，但它们与劳动者发生劳动争议时也适用劳动争议调解仲裁法。

28. 劳动者对于用人单位的哪些行为可以直接向劳动行政部门投诉？

【法律解答】《中华人民共和国劳动争议调解仲裁法》第9条规定，用人单位违反国家规定，拖欠或者未足额支付劳动报酬，或者拖欠工伤医疗费、经济补偿或者赔偿金的，劳动者可以向劳动行政部门投诉，劳动行政部门应当依法处理。

现在，有很多劳动争议案件涉及到用人单位违反国家规定，拖欠或者未足额支付劳动报酬、工伤医疗费、经济补偿或者赔偿金等行为，其中不少案件事实清楚，双方对案件的事实不存在争议，但是就是以各种理由拖着不支付，对此类案件，由于事实清楚，为了缩短劳动争议处理的时间，节约成本和精力，劳动者不必再走调解、仲裁再诉讼的劳动争议处理程序，可以直接向劳动行政部门进行投诉，由劳动行政部门依法进行处理。

29. 法律规定的解决劳动争议的途径主要有哪些？

【法律解答】《中华人民共和国劳动争议调解仲裁法》第4条规定，发生劳动争议，劳动者可以与用人单位协商，也可以请工会或者第三方共同与用人单位协商，达成和解协议。

第5条规定，发生劳动争议，当事人不愿协商、协商不成或者达成和解协议后不履行的，可以向调解组织申请调解；不愿调解、调解不成或者达成调解协议后不履行的，可以向劳动争议仲裁委员会申请仲裁；对仲裁裁决不服的，除本法另有规定的外，可以向人民法院提起诉讼。

第9条规定，用人单位违反国家规定，拖欠或者未足额支付劳动报酬，或者拖欠工伤医疗费、经济补偿或者赔偿金的，劳动者可以向劳动行政部门投诉，劳动行政部门应当依法处理。

因此，发生劳动争议后，可以通过协商、调解、仲裁和诉讼四种途径解决劳动争议，除此之外，还可以向有关部门投诉，要求有关部门依法处理。需要注意的是，在这些解决劳动争议的途径中，提起诉讼必须以先进行仲裁为前提条件，但是对用人单位来说，根据《劳动争议调解仲裁法》第47条进行的仲裁裁决为终局裁决，用人单位不服的不得起诉，只能根据该法的第48条规定向人民法院申请撤销裁决。

30. 用人单位提前三十天以书面形式通知劳动者本人解除合同的情况下还需要向其支付经济补偿吗？

【法律解答】《中华人民共和国劳动合同法》第40条规定，有下列情形之一的，用人单位提前三十日以书面形式通知劳动者本人或者额外支付劳动者一个月工资后，可以解除劳动合同：

（一）劳动者患病或者非因工负伤，在规定的医疗期满后不能从事原工作，也不能从事由用人单位另行安排的工作的；

（二）劳动者不能胜任工作，经过培训或者调整工作岗位，仍不能胜任工作的；

（三）劳动合同订立时所依据的客观情况发生重大变化，致使劳动合同无法履行，经用人单位与劳动者协商，未能就变更劳动合同内容达成协议的。

第46条规定，有下列情形之一的，用人单位应当向劳动者支付经济补偿：

（一）劳动者依照本法第三十八条规定解除劳动合同的；

（二）用人单位依照本法第三十六条规定向劳动者提出解除劳动合同并与劳动者协商一致解除劳动合同的；

（三）用人单位依照本法第四十条规定解除劳动合同的；

（四）用人单位依照本法第四十一条第一款规定解除劳动合同的；

（五）除用人单位维持或者提高劳动合同约定条件续订劳动合同，劳动者不同意续订的情形外，依照本法第四十四条第一项规定终止固定期限劳动合同的；

（六）依照本法第四十四条第四项、第五项规定终止劳动合同的；

（七）法律、行政法规规定的其他情形。

因此，用人单位在提前三十日以书面形式通知劳动者本人或者额外支付劳动者一个月工资后，可以解除劳动合同，但是需要向劳动者支付经济补偿。

31. 发生劳动争议的劳动者一方在什么情况下可以推举代表参加调解、仲裁或者诉讼活动？

【法律解答】《中华人民共和国劳动争议调解仲裁法》第7条规定，发生劳动争议的劳动者一方在十人以上，并有共同请求的，可以推举代表参加调解、仲裁或者诉讼活动。

因此，只有当发生劳动争议的劳动者一方在十人以上且有共同的请求时，可以推举代表参加调解、仲裁或者诉讼活动。

32. 用人单位被依法宣告破产或者被撤销时需要向劳动者支付经济补偿吗？

【法律解答】《中华人民共和国劳动合同法》第46条规定，有下列情形之一的，用人单位应当向劳动者支付经济补偿：

（一）劳动者依照本法第三十八条规定解除劳动合同的；

（二）用人单位依照本法第三十六条规定向劳动者提出解除劳动合同并与劳动者协商一致解除劳动合同的；

（三）用人单位依照本法第四十条规定解除劳动合同的；

（四）用人单位依照本法第四十一条第一款规定解除劳动合同的；

（五）除用人单位维持或者提高劳动合同约定条件续订劳动合同，劳动者不同意续订的情形外，依照本法第四十四条第一项规定终止固定期限劳动合同的；

（六）依照本法第四十四条第四项、第五项规定终止劳动合同的；

（七）法律、行政法规规定的其他情形。

根据《中华人民共和国劳动合同法》第44条第4项、第5项的内容规定，用人单位被依法宣告破产的和用人单位被吊销营业执照、责令关闭、撤销或者用人单位决定提前解散的情况下，用人单位需要终止劳动合同的，应该向劳动者支付经济补偿金。

33. 发生劳动争议后，劳动者该如何与用人单位协商？

【法律解答】《中华人民共和国劳动争议调解仲裁法》第4条规定，发生劳动争议，劳动者可以与用人单位协商，也可以请工会或者第三方共同与用人单位协商，达成和解协议。

《中华人民共和国企业劳动争议处理条例》第6条规定，劳动争议发生后，当事人应当协商解决；不愿协商或者协商不成的，可以向本企业劳动争议调解委员会申请调解；调解不成的，可以向劳动争议仲裁委员会申请仲裁。当事人也可以直接向劳动争议仲裁委员会申请仲裁。对仲裁裁决不服的，可以向人民法院起诉。

劳动争议处理过程中，当事人不得有激化矛盾的行为。

劳动争议的协商是解决劳动争议的一种形式，也是解决劳动争议的第一个环节。发生劳动争议后，由当事人双方进行协商，有利于促进劳动争议在比较平和的气氛中得到解决，防止矛盾激化，使劳动关系和谐稳定。但是，劳动者与用人单位相比，通常处于弱势地位，如果单纯由劳动者与用人单位进行协商和解，双方由于存在地位上的不平衡性，通常很难达成和解协议，所以，劳动者可以与用人单位协商，也可以请工会或者第三方共同与用人单位协商，达成和解协议。

34. 用人单位违法解除或者终止劳动合同会有什么法律后果？

【法律解答】《中华人民共和国劳动合同法》第48条规定，用人单位违反本法规定解除或者终止劳动合同，劳动者要求继续履行劳动合同的，用人单位应当继续履行；劳动者不要求继续履行劳动合同或者劳动合同已经不能继续履行的，用人单位应当依照本法第八十七条规定支付赔偿金。

《中华人民共和国劳动合同法》第 87 条规定，用人单位违反本法规定解除或者终止劳动合同的，应当依照本法第四十七条规定的经济补偿标准的二倍向劳动者支付赔偿金。

《中华人民共和国劳动合同法》第 47 条规定，经济补偿按劳动者在本单位工作的年限，每满一年支付一个月工资的标准向劳动者支付。六个月以上不满一年的，按一年计算；不满六个月的，向劳动者支付半个月工资的经济补偿。劳动者月工资高于用人单位所在直辖市、设区的市级人民政府公布的本地区上年度职工月平均工资三倍的，向其支付经济补偿的标准按职工月平均工资三倍的数额支付，向其支付经济补偿的年限最高不超过十二年。本条所称月工资是指劳动者在劳动合同解除或者终止前十二个月的平均工资。

35. 用人单位不按规定与劳动者订立劳动合同发生争议时劳动者该怎么办?

【法律解答】《中华人民共和国劳动合同法》第 82 条规定，用人单位自用工之日起超过一个月不满一年未与劳动者订立书面劳动合同的，应当向劳动者每月支付二倍的工资。用人单位违反本法规定不与劳动者订立无固定期限劳动合同的，自应当订立无固定期限劳动合同之日起向劳动者每月支付二倍的工资。

《中华人民共和国劳动合同法》第 11 条是用人单位在一个月内没有订立书面劳动合同时对于劳动报酬应该如何确定的规定。第 82 条是关于用人单位自用工之日起超过一个月不满一年不与劳动者签订书面劳动合同应该承担的法律责任的规定。同时，因订立劳动合同发生的争议也是劳动争议调解仲裁法调整的范围，劳动者可以提起调解、仲裁或诉讼。

36. 劳动合同被确认无效后会有什么后果？

【法律解答】《中华人民共和国劳动合同法》第86条规定，劳动合同依照本法第二十六条规定被确认无效，给对方造成损害的，有过错的一方应当承担赔偿责任。

无效劳动合同是指所订立的劳动合同不符合法定条件，不能发生当事人预期的法律后果的劳动合同。《中华人民共和国劳动法》第18条规定，无效的劳动合同，从订立的时候起，就没有法律约束力。

订立的劳动合同被确认无效之后，劳动行政部门可以对用人单位处以一定数额的罚款。如果劳动关系双方有一方因为无效的劳动合同给另一方造成损害，那么对合同无效有过错的一方应当承担赔偿责任。

37. 用人单位违法解除或者终止劳动合同的责任是什么？

【法律解答】《中华人民共和国劳动合同法》第87条规定，用人单位违反本法规定解除或者终止劳动合同的，应当依照本法第四十七条规定的经济补偿标准的二倍向劳动者支付赔偿金。

用人单位违反劳动合同法规定解除或者终止劳动合同的行为主要包括：一、用人单位违反《中华人民共和国劳动合同法》第四十二条的规定，在法律明确规定不得解除劳动合同的情形下解除劳动合同。二、用人单位在解除劳动合同时，没有遵守法定的程序。

劳动者要求继续履行劳动合同，用人单位同意继续履行的，可以不向劳动者支付赔偿金，这是为了鼓励用人单位纠正违法行为，继续履行合同，保障劳动者的合法权益。

38. 经济补偿根据什么标准确定？

【法律解答】《中华人民共和国劳动合同法》第47条规定，经济补偿按劳动者在本单位工作的年限，每满一年支付一个月工资的标准向劳动者支付。六个月以上不满一年的，按一年计算；不满六个月的，向劳动者支付半个月工资的经济补偿。劳动者月工资高于用人单位所在直辖市、设区的市级人民政府公布的本地区上年度职工月平均工资三倍的，向其支付经济补偿的标准按职工月平均工资三倍的数额支付，向其支付经济补偿的年限最高不超过十二年。本条所称月工资是指劳动者在劳动合同解除或者终止前十二个月的平均工资。

劳动者在单位工作的年限，应从劳动者向该用人单位提供劳动之日起计算。如果由于各种原因，用人单位与劳动者未签订劳动合同的，不影响工作年限的计算。如果劳动者连续为同一用人单位提供劳动，但先后签订了几份劳动合同的，工作年限应从劳动者提供劳动之日起连续计算。

39. 用人单位依照企业破产法重整时对被裁减的劳动者是否需要支付经济补偿？

【法律解答】《中华人民共和国劳动合同法》第46条规定，有下列情形之一的，用人单位应当向劳动者支付经济补偿：

（一）劳动者依照本法第三十八条规定解除劳动合同的；

（二）用人单位依照本法第三十六条规定向劳动者提出解除劳动合同并与劳动者协商一致解除劳动合同的；

（三）用人单位依照本法第四十条规定解除劳动合同的；

（四）用人单位依照本法第四十一条第一款规定解除劳动合同的；

（五）除用人单位维持或者提高劳动合同约定条件续订劳动合同，劳动者不同意续订的情形外，依照本法第四十四条第一项规定终止固定期限劳动合同的；

（六）依照本法第四十四条第四项、第五项规定终止劳动合同的；

（七）法律、行政法规规定的其他情形。

《中华人民共和国劳动合同法》第41条第1款的内容，用人单位在依照企业破产法规定进行重整的情况下，需要裁减人员二十人以上或者裁减不足二十人但占企业职工总数百分之十以上的，用人单位提前三十日向工会或者全体职工说明情况，听取工会或者职工的意见后，裁减人员方案经向劳动行政部门报告，可以裁减人员，但是需要向被裁减的劳动者支付经济补偿。

40. 发生劳动争议后用人单位和劳动者如何承担举证责任？

【法律解答】《劳动争议调解仲裁法》第6条规定，发生劳动争议，当事人对自己提出的主张，有责任提供证据。与争议事项有关的证据属于用人单位掌握管理的，用人单位应当提供；用人单位不提供的，应当承担不利后果。

《最高人民法院关于民事诉讼证据的若干规定》第6条规定，在劳动争议纠纷案件中，因用人单位作出开除、除名、辞退、解除劳动合同、减少劳动报酬、计算劳动者工作年限等决定而发生劳动争议的，由用人单位负举证责任。

举证责任，又称证明责任，是指当事人对自己提出的主张，有提出证据并加以证明的责任。如果当事人未能尽到上述责任，则有可能承担对其不利的法律后果。其基本含义包括：第一，当事人对自己提出的主张，应当提出证据。第二，当事人对自己提供的证据，应当予以证明，以表明自己所提供的证据能够证明其主张。第三，当事人对自己的主张不能提供证据或提供证据后不能证明自己的主张，将可能导致对自己不利的法律后果。

根据上面的规定，《劳动争议调解仲裁法》基本上坚持了"谁主张，谁举证"的举证责任承担的一般原则，但是基于举证责任分配的公平原则，对用人单位的举证责任作了特殊规定，即在一定程度上规定了用人单位的举证责任倒置。举证责任的倒置，是指在某些特殊情况下，由于案件事实的特殊性，法律在确定举证的顺序时，免除了由原告对其主张的事实首先进行举证的责任，而确定由被告承担举证责任，是举证责任分配中的一种特殊情况。需要注意的是，用人单位的举证责任倒置，仅仅是涉及到"与争议事项有关的证据属于用人单位掌握管理的"情况。

劳动争议

调解

LAO DONG ZHENG YI

TIAO JIE

41. 当劳动者与用人单位发生纠纷时哪些组织可以调解劳动争议？

【法律解答】《中华人民共和国劳动争议调解仲裁法》第 10 条规定，发生劳动争议，当事人可以到下列调解组织申请调解：

（一）企业劳动争议调解委员会；

（二）依法设立的基层人民调解组织；

（三）在乡镇、街道设立的具有劳动争议调解职能的组织。

企业劳动争议调解委员会由职工代表和企业代表组成。职工代表由工会成员担任或者由全体职工推举产生，企业代表由企业负责人指定。企业劳动争议调解委员会主任由工会成员或者双方推举的人员担任。

劳动争议调解组织是指依法设立的履行劳动争议调解职责或具有劳动争议调解职能的社会机构。

《中华人民共和国劳动法》第 80 条规定，在用人单位内，可以设立劳动争议调解委员会。劳动争议调解委员会由职工代表、用人单位代表和工会代表组成。劳动争议调解委员会主任由工会代表担任。

劳动争议经调解达成协议的，当事人应当履行。

《工会参与劳动争议处理试行办法》第 17 条规定，工会可以在城填和乡镇企业集中的地方设立区域性劳动争议调解指导委员会。

因此，在我国，劳动争议调解组织包括：企业劳动争议调解委员会、依法设立的基层人民调解组织和在乡镇、街道设立的具有劳动争议调解职能的组织以及区域性劳动争议调解指导委员会。

42. 劳动争议协商解决是否更有利于劳动者？

【法律解答】《中华人民共和国劳动法》第 77 条规定，用人单位与劳动者发生劳动争议，当事人可以依法申请调解、仲裁、提起诉讼，也可以协商解决。

《企业劳动争议处理条例》第 6 条也规定，劳动争议发生后，当事人应当协商解决；不愿协商或者协商不成的，可以向本企业劳动争议调解委员会申请调解；调解不成的，可以向劳动争议仲裁委员会申请仲裁。对仲裁不服的，可以向人民法院起诉。

《中华人民共和国劳动争议调解仲裁法》第 4 条规定，发生劳动争议，劳动者可以与用人单位协商，也可以请工会或者第三方共同与用人单位协商，达成和解协议。

劳动争议调解仲裁法继承了企业劳动争议处理条例和劳动法的规定并有所发展。可见，当事人双方协商解决劳动争议，是我国法律、法规提倡的解决劳动争议的方式之一。

协商，是解决一切争议最好的方式。劳动争议协商，是指劳动争议发生后，用人单位与劳动者共同进行商谈并达成和解协议，以解决争议的行为。劳动争议协商作为我国处理劳动争议的一种方式，具有以下特点：

（1）自愿性。劳动争议协商必须以双方当事人自愿为前提，这是协商的基础，如果不是出于自愿，协商则不可能进行。自愿性表现在：是否通过协商解决争议，必须是双方当事人的自愿行为；经协商达成的和解协议必须是双方意志的体现，一方不能强迫另一方接受其不愿接受的条件；和解协议必须由当事人自觉自愿地履行，一方不能强迫另一方履行和解协议；当事人不愿协商或者协商不成时，有权自主决定申请调解或仲裁，任何组织和个人无权干涉。

（2）灵活性。劳动争议协商是由争议双方当事人自主解决劳动争议的方式之一，与劳动争议调解、仲裁和诉讼相比，具有简便、灵活和快捷的特点。劳动争议发生后，当事人双方可以随时就争议的具体事项进行商谈，协商方式也由当事人自主选择。通过协商，能使劳动争议在较短的时间内得到妥善的解决。

（3）可选择性。劳动争议协商虽然具有简便、灵活和快捷的优势，是我国法律所提倡的解决争议的方式之一，但是，它不是处理劳动争议的法定必经程序。劳动争议发生后，当事人可以选择通过协商解决；如果当事人不愿协商，可以选择向劳动争议调解组织申请调解，或者直接向劳动争议仲裁委员会申请仲裁。

43. 企业劳动争议调解委员会如何组成？委员会的主任如何产生？

【法律解答】《中华人民共和国劳动法》第 80 条第 1 款规定，在用人单位内，可以设立劳动争议调解委员会。劳动争议调解委员会由职工代表、用人单位代表和工会代表组成。劳动争议调解委员会主任由工会代表担任。

《劳动争议调解仲裁法》第 10 条第 2 款规定，企业劳动争议调解委员会由职工代表和企业代表组成。职工代表由工会成员担任或者由全体职工推举产生，企业代表由企业负责人指定。企业劳动争议调解委员会主任由工会成员或者双方推举的人员担任。

44. 发生劳动争议时劳动者可以与谁进行协商？

【法律解答】《中华人民共和国劳动争议调解仲裁法》第 4 条规定，发生劳动争议，劳动者可以请工会或者第三方共同与用人单位进行协商。当发生劳动争议时，劳动者可以与用人单位直接协商，也可以请工会或第三方参加与用人单位协商。

这主要是考虑到劳动者与用人单位相比，通常处于弱势地位，如果单纯由劳动者与用人单位进行协商和解，双方由于存在地位上的不平衡性，通常很难达成和解协议。允许劳动者请工会或者第三方帮助，共同与用人单位进行协商，目的是通过工会或第三方的加入，促成用人单位与劳动者能够坐下来协商，进而达成和解协议，充分发挥"协商"这一方式在处理劳动争议方面的作用。

但需要明确的是，此时参加的工会或第三方是与劳动者共同与用人单位协商。工会或第三方的地位仅仅是劳动争议协商的参加方，其可以发表自己的意见，但最终的决定权仍然掌握在劳动者和用人单位手中。也就是说工会或第三方是参加人而不是当事人。同时工会或者第三方的地位也不是主持人，这区别于调解中的第三方。从理论上讲，工会也是用人单位和劳动者之外的"第三方"，但鉴于工会本身是工会会员及职工合法权利的代表，依法负有维护职工合法权益的职责，理应站在劳动者一方。因此，《中华人民共和国劳动争议调解仲裁法》规定的是工会或者第三方，将工会区别于第三方。这里的第三方可以是其他的为双方接受的组织或个人。

45. 劳动争议发生后，协商不成后当事人之间该如何处理？

【法律解答】《中华人民共和国劳动争议调解仲裁法》第5条规定，发生劳动争议，当事人不愿协商、协商不成或者达成和解协议后不履行的，可以向调解组织申请调解。

协商可以分为三种情形：

第一、当事人不愿协商。协商不是法定的必经程序。因此当事人不愿协商时，当事人可以寻求其他途径解决，包括调解、仲裁、诉讼等。在当事人立场差别巨大时，往往会表现出极为对抗性的态度，一般都会拒绝进行协商。当然，当事人不愿调解或拒绝调解后，不管争议的解决进行到何种程序，当事人都有权进行进一步的协商。

第二、协商不成。在双方同意协商的情况下，实践中达成双方都能接受的方案也是比较困难的。在协商过程中，双方的要求可能有非常大的原则性的差距，也可能是在无原则分歧情况下仅有细微的差别。协商是一个双方当事人寻求减少分歧达成共识的过程。在有第三方参加的情况下，该第三方应起到较好的沟通作用，使双方尽可能达成一致意见。如果协商不成，当事人也有权寻求其他途径解决，包括调解、仲裁、诉讼等。

第三、达成和解协议。当事人协商的目的就在于达成和解协议。关于和解协议的内容，法律并无明确的规定，双方当事人在合法的前提下可自由约定。并且和解协议没有强制执行的效力。当事人达成和解协议后不履行的，当事人只能通过寻求其他途径解决，包括调解、仲裁、诉讼等。

46. 企业内部可采取什么措施解决劳动争议？企业劳动争议调解委员会是怎样构成的？其他调解组织状况如何？

【法律解答】《中华人民共和国劳动争议调解仲裁法》第 10 条第 2 款规定，企业劳动争议调解委员会由职工代表和企业代表组成。职工代表由工会成员担任或者由全体职工推举产生，企业代表由企业负责人指定。企业劳动争议调解委员会主任由工会成员或者双方推举的人员担任。

《中华人民共和国企业劳动争议处理条例》第 7 条规定，企业可以设立劳动争议调解委员会（以下简称调解委员会）。调解委员会负责调解本企业发生的劳动争议。调解委员会由下列人员组成：（一）职工代表；（二）企业代表；（三）企业工会代表。职工代表由职工代表大会（或者职工大会，下同）推举产生；企业代表由厂长（经理）指定；企业工会代表由企业工会委员会指定。调解委员会组成人员的具体人数由职工代表大会提出并与厂长（经理）协商确定，企业代表的人数不得超过调解委员会成员总数的三分之一。

基层人民调解员是我国解决民间纠纷的组织。人民调解委员会是村民委员会和居民委员会下设的调解民间纠纷的群众性组织。在基层人民政府和基层人民法院的指导下工作。除了村民委员会、居民委员会设立的人民调解组织以外，根据 2002 年 9 月司法部颁布的《人民调解工作若干规定》，乡镇街道可以设立人民调解委员会，企事业单位根据需要也可以设立人民调解委员会，根据需要还可以设立区域性、行业性的人民调解委员会。

目前，乡镇、街道设立的具有劳动争议调解职能的组织主要有两种模式，一种是依托于乡镇服务站的调解组织，一种是依托于地方工会的劳动调解组织。

47. 劳动争议调解组织调解员的职责包括哪些内容？

【法律解答】《劳动争议调解仲裁法》第 11 条规定，劳动争议调解组织的调解员应当由公道正派、联系群众、热心调解工作，并具有一定法律知识、政策水平和文化水平的成年公民担任。

劳动争议调解组织负责人的职责有：（一）对劳动争议调解委员会无法决定是否受理的调解申请，决定是否受理；（二）决定调解委员会的回避；（三）及时指派调解委员会调解简单劳动争议；（四）主持调解委员会会议，确定调解方案；（五）召集有调解委员、劳动争议双方当事人参加的调解会议，依法主持调解。劳动争议调解组织调解员的职责有：（一）依法调解本单位劳动争议；（二）保证当事人实现自愿调解、申请回避和申请仲裁的权利；（三）自收到调解申请之日起十五日内结束调解，到期未结束的视为调解不成，告知当事人可以申请仲裁；（四）督促劳动争议双方当事人履行调解协议；（五）及时做好调解文书及案卷的整理归档工作；（六）做好劳动争议预防工作。

48. 劳动争议案件发生后应该由哪儿行使仲裁管辖权？

【法律解答】《中华人民共和国劳动争议调解仲裁法》第21条规定，劳动争议仲裁委员会负责管辖本区域内发生的劳动争议。劳动争议由劳动合同履行地或者用人单位所在地的劳动争议仲裁委员会管辖。双方当事人分别向劳动合同履行地和用人单位所在地的劳动争议仲裁委员会申请仲裁的，由劳动合同履行地的劳动争议仲裁委员会管辖。

劳动争议仲裁管辖，是指确定各个劳动争议仲裁委员会审理劳动争议案件的分工和权限，明确当事人应当到哪一个劳动争议仲裁委员会申请劳动争议仲裁，由哪一个劳动争议仲裁委员会受理的法律制度。

我国的劳动争议仲裁实行的是特殊地域管辖，不实行级别管辖或者协定管辖。特殊地域管辖是指依照当事人之间的某一个特殊的联结点确定的管辖。劳动争议调解仲裁法以劳动合同履行地和用人单位所在地作为联结点确定劳动争议仲裁管辖，因此是特殊地域管辖。同时劳动争议调解仲裁法不允许双方当事人协议选择劳动合同履行地或者用人单位所在地以外的其他劳动争议仲裁委员会进行管辖。

劳动争议的仲裁管辖还存在移送管辖情形。移送管辖即劳动争议仲裁委员会将已经受理的无管辖权的劳动争议案件移送给有管辖权的劳动争议仲裁委员会。劳动争议仲裁委员会发现受理的劳动争议案件不属于本仲裁委员会管辖时，应当移送有管辖权的劳动争议仲裁委员会。

49. 劳动争议调解中当事人具有哪些权利和义务？

【法律解答】《中华人民共和国劳动争议调解仲裁法》第24条规定，当事人可以委托代理人参加仲裁活动。委托他人参加仲裁活动，应当向劳动争议仲裁委员会提交有委托人签名或者盖章的委托书，委托书应当载明委托事项和权限。

作为一种建立在双方当事人自愿基础上的任意性调解，劳动争议调解中当事人有以下权利和义务：

劳动争议调解中当事人享有的权利：（1）申请调解的权利；（2）同意或拒绝调解的权利，一方当事人申请调解后，另一方当事人有同意或拒绝调解的权利；（3）申请回避的权利，如果调解组织中参与劳动争议案件调解的成员与被调解的劳动争议案件有直接或间接利害关系，当事人有权申请回避；（4）参加调解会议，陈述自己的请求、理由，提供证据和参加辩论的权利；（5）接受或拒绝调解意见的权利；（6）调解组织不受理调解申请的，当事人有要求调解组织说明理由的权利。

劳动争议调解中当事人承担的义务：（1）如实陈述劳动争议情况，不捏造事实、伪造证据的义务；（2）遵守调解纪律，维护调解秩序，服从调解组织安排的义务。

50. 劳动争议调解未达成调解协议的，是否可以依法申请仲裁？

【法律解答】《中华人民共和国劳动争议调解仲裁法》第14条规定，经调解达成协议的，应当制作调解协议书。调解协议书由双方当事人签名或者盖章，经调解员签名并加盖调解组织印章后生效，对双方当事人具有约束力，当事人应当履行。自劳动争议调解组织收到调解申请之日起十五日内未达成调解协议的，当事人可以依法申请仲裁。

据此，劳动争议调解组织调解劳动争议的结果有：

一是达成调解协议而终结调解。经过调解，双方当事人达成调解协议的，由劳动争议调解组织制作调解协议书。调解协议书应当写明双方当事人的基本情况、争议事项、调解结果。

二是未能达成调解协议而终结调解。调解不是解决劳动争议的必经程序，调解的目的是要用一种灵活、简便而又柔性的机制，尽快解决劳动争议，因此，调解要讲究效率，要及时。为了防止久调不决，在十五天内未达成协议的视为调解不成，当事人任何一方都可以向劳动争议仲裁委员会申请仲裁，启动新的处理程序。

51. 用人单位无法履行调解协议支付义务时，劳动者该怎么办？

【法律解答】《劳动争议调解仲裁法》第16条规定，因支付拖欠劳动报酬、工伤医疗费、经济补偿或者赔偿金事项达成调解协议，用人单位在协议约定期限内不履行的，劳动者可以持调解协议书依法向人民法院申请支付令。人民法院应当依法发出支付令。

《最高人民法院关于审理劳动争议案件适用法律若干问题的解释（二）》第17条规定，当事人在劳动争议调解委员会主持下达成的具有劳动权利义务内容的调解协议，具有劳动合同的约束力，可以作为人民法院裁判的根据。当事人在劳动争议调解委员会主持下仅就劳动报酬争议达成调解协议，用人单位不履行调解协议确定的给付义务，劳动者直接向人民法院起诉的，人民法院可以按照普通民事纠纷受理。

支付令的法律效力不同于一般法律文书，其特殊性主要体现在支付令所产生的各种法律效力的发生时间不同。一般法律文书一旦生效，则该法律文书所具有的各种效力同时产生，而支付令则与此不同，支付令具有督促效力与强制执行力，当两者却不是同时产生的，支付令自制作并送达给债务人即产生督促效力，而支付令所具有的强制执行力却具有附期限与附条件性，即债务人在接到支付令后15日内如果不提出书面异议，则该支付令才产生强制执行力。

52. 劳动者应当按照怎样的程序申请支付令？

【法律解答】《中华人民共和国民事诉讼法》第191条规定，债权人请求债务人给付金钱、有价证券，符合下列条件的，可以向有管辖权的基层人民法院申请支付令：（一）债权人与债务人没有其他债务纠纷的；（二）支付令能够送达债务人的。申请书应当写明请求给付金钱或者有价证券的数量和所根据的事实、证据。

第192条规定，债权人提出申请后，人民法院应当在五日内通知债权人是否受理。

第193条规定，人民法院受理申请后，经审查债权人提供的事实、证据，对债权债务关系明确、合法的，应当在受理之日起十五日内向债务人发出支付令；申请不成立的，裁定予以驳回。债务人应当自收到支付令之日起十五日内清偿债务，或者向人民法院提出书面异议。债务人在前款规定的期间不提出异议又不履行支付令的，债权人可以向人民法院申请执行。

第194条规定，人民法院收到债务人提出的书面异议后，应当裁定终结督促程序，支付令自行失效，债权人可以起诉。

申请支付令的程序是：

（一）向人民法院提交申请书。由于劳动者申请支付令的前提是达成了调解协议，因此，劳动者一般只需要提供调解协议书就可以。

（二）向有管辖权的基层人民法院申请。劳动者可以选择向用人单位所在地或者合同履行地基层人民法院管辖申请。如果两个以上人民法院都有管辖权的，劳动者可以向其中一个人民法院申请支付令，劳动者向两个以上有管辖权的法院申请支付令的，由最先受理的人民法院管辖。

（三）受理。劳动者提出申请后，人民法院应当在五日内通知劳动者是否受理。一般来说，申请支付令属于因支付拖欠劳动报酬、工伤医疗费、经济补偿或者赔偿金事项达成调解协议范围的，法院都应当受理。

（四）审查和决定。法院审查调解协议是否合法，一般只进行书面审查，不需要询问当事人和开庭审查。如果人民法院经过书面审查，认为调解协议合法的，应当在十五日内向用人单位发出支付令；如果调解协议不合法的，就裁定予以驳回。

（五）清偿或者提出书面异议。支付令发出后，用人单位要么按照支付令的要求向劳动者支付拖欠的劳动报酬、工伤医疗费、经济补偿或者赔偿金，要么提出书面异议。对于法院发出的支付令，用人单位可以提出书面异议，如果异议成立，法院就会裁定终结督促程序，支付令自行失效。

（六）申请执行。用人单位在收到人民法院发出的支付令之日起十五日内不提出书面异议，又不履行支付令的，劳动者可以向人民法院申请执行，人民法院应当按照民事诉讼法规定的执行程序强制执行。

53. 什么是劳动争议调解协议书？调解协议的效力如何？

【法律解答】《劳动争议调解仲裁法》第14条第1款规定，经调解达成协议的，应当制作调解协议书。劳动争议调解协议书是劳动争议双方达成调解的书面证明，是一项重要的法律文书。

第 14 条第 2 款规定，调解协议书由双方当事人签名或者盖章，经调解员签名并加盖调解组织印章后生效，对双方当事人具有约束力，当事人应当履行。该款一方面规定了调解协议书的形式，另一方面也规定了调解协议的效力，即调解协议书由双方当事人签名或者盖章，经调解员签名并加盖调解组织印章后生效，对双方当事人具有约束力，当事人应当履行。

根据上述规定，调解协议对双方当事人具有约束力，当事人应当履行，而没有直接赋予其具有直接申请强制执行的效力。也就是说可以理解调解协议具有劳动合同性质，是劳动争议仲裁委员会或者人民法院裁决劳动争议案件的重要证据，如果没有其他证据证明调解协议无效或者是可撤销的，可以作为仲裁组织裁决和人民法院裁判的依据。

54. 劳动争议调解书的格式如何规定？

【法律解答】《劳动争议仲裁委员会办案规则》第 35 条规定，仲裁裁决书应写明：

（一）申诉人和被诉人的姓名、性别、年龄、民族、职业、工作单位和住址，单位名称、地址及其法定代表人（或负责人）或代理人的姓名、职务；

（二）申诉的理由、争议的事实和要求；

（三）裁决认定的事实、理由和适用的法律、法规；

（四）裁决的结果及费用的负担；

（五）不服裁决，向人民法院起诉的期限。

仲裁调解书可参考仲裁裁决书的格式制作。

55. 申请劳动争议调解的方式有哪些？口头申请的应该如何办理？

【法律解答】《中华人民共和国劳动争议调解仲裁法》第 12 条

规定，当事人申请劳动争议调解可以书面申请，也可以口头申请。口头申请的，调解组织应当当场记录申请人基本情况、申请调解的争议事项、理由和时间。

调解是解决劳动争议的法定形式之一，为了使调解员能够准确了解发生争议的事实情况和争议的矛盾焦点，便于解决矛盾，达成调解协议，当事人申请劳动争议调解，需要通过一定的表达方式，让调解员知道自己的请求和理由。

劳动争议

仲裁

LAO DONG ZHENG YI

ZHONG CAI

56. 劳动争议仲裁委员会由哪些人员组成并有哪些职责？

【法律解答】《中华人民共和国劳动争议调解仲裁法》第 19 条规定，劳动争议仲裁委员会由劳动行政部门代表、工会代表和企业方面代表组成。劳动争议仲裁委员会组成人员应当是单数。劳动争议仲裁委员会依法履行下列职责：（一）聘任、解聘专职或者兼职仲裁员；（二）受理劳动争议案件；（三）讨论重大或者疑难的劳动争议案件；（四）对仲裁活动进行监督。劳动争议仲裁委员会下设办事机构，负责办理劳动争议仲裁委员会的日常工作。

《中华人民共和国企业劳动争议处理条例》第 13 条规定，仲裁委员会由下列人员组成：（一）劳动行政主管部门的代表；（二）工会的代表；（三）政府指定的经济综合管理部门的代表。仲裁委员会组成人员必须是单数，主任由劳动行政主管部门的负责人担任。劳动行政主管部门的劳动争议处理机构为仲裁委员会的办事机构，负责办理仲裁委员会的日常事务。仲裁委员会实行少数服从多数的原则。

57. 因劳动者向用人单位借款的合同引起争议，能否提起劳动争议仲裁？

【法律解答】《中华人民共和国劳动法》第 16 条规定，劳动合同是劳动者与用人单位确立劳动关系、明确双方权利和义务的协议。建立劳动关系应当订立劳动合同。

第 23 条，劳动合同期满或者当事人约定的劳动合同终止条件出现，劳动合同即行终止。

《中华人民共和国劳动争议调解仲裁法》第 2 条规定，中华人民共和国境内的用人单位与劳动者发生的下列劳动争议，适用本法：

（一）因确认劳动关系发生的争议；

（二）因订立、履行、变更、解除和终止劳动合同发生的争议；

（三）因除名、辞退和辞职、离职发生的争议；

（四）因工作时间、休息休假、社会保险、福利、培训以及劳动保护发生的争议；

（五）因劳动报酬、工伤医疗费、经济补偿或者赔偿金等发生的争议；

（六）法律、法规规定的其他劳动争议。

劳动合同是约定劳动者与企业之间劳动权利义务的协议。劳动者于企业之间单纯的借贷关系属于民事关系，其合同不属于劳动合同。在发生争议后，无论是劳动者还是企业应尽快的确定这种争议的性质，以确定相应采取的措施，因为，在我国争议的处理程序方面，民事纠纷一般是两年的诉讼时效，而劳动争议则是一年，如果无法确定，则以劳动争议进行处理，即使败诉，尚可以通过民事诉讼得到保护。

58. 发生劳动争议时，解除劳动合同后，用人单位应于何时付清劳动者工资？

【法律解答】《工资支付暂行规定》第9条规定，劳动关系双方依法解除或终止劳动合同时，用人单位应在解除或终止劳动合同时一次付清劳动者工资。

企业辞退劳动者后，应该及时支付清劳动者在企业期间的所有工资报酬，或者明确该款项的支付时间和支付方式。企业最后的结算工资并非一定要在离职之日支付，这因工资结算情况而异。从企业管理角度而言，应该是在职工离职的同时，向职工发放应该支付的工资报酬、经济补偿金等等各种费用，结清双方的权利义务，及时终止企业与被辞退劳动者的劳动关系，这样既可以最大限度的回避各种可能的风险，同时，也有利于企业的管理，对于劳动者而言也是一种尊重，也可以使他们更顺利的面对新的工作。

59. 劳动争议仲裁委员会受理仲裁申请后对仲裁工作如何进行准备？

【法律解答】《中华人民共和国劳动争议调解仲裁法》第 30 条规定，劳动争议仲裁委员会受理仲裁申请后，应当在五日内将仲裁申请书副本送达被申请人。被申请人收到仲裁申请书副本后，应当在十日内向劳动争议仲裁委员会提交答辩书。劳动争议仲裁委员会收到答辩书后，应当在五日内将答辩书副本送达申请人。被申请人未提交答辩书的，不影响仲裁程序的进行。

《中华人民共和国企业劳动争议处理条例》第 16 条规定，仲裁委员会处理劳动争议，应当组成仲裁庭。仲裁庭由 3 名仲裁员组成。

简单劳动争议案件，仲裁委员会可以指定一名仲裁员处理。

仲裁庭对重大的或者疑难的劳动争议案件的处理，可以提交仲裁委员会讨论决定；仲裁委员会的决定，仲裁庭必须执行。

60. 对实行一裁终局的劳动争议，用人单位还有哪些救济途径？

【法律解答】《中华人民共和国劳动争议调解仲裁法》第 47 条规定，下列劳动争议，除本法另有规定的外，仲裁裁决为终局裁决，裁决书自作出之日起发生法律效力：（一）追索劳动报酬、工伤医疗费、经济补偿或者赔偿金，不超过当地月最低工资标准十二个月金额的争议；（二）因执行国家的劳动标准在工作时间、休息休假、社会保险等方面发生的争议。

上述法条规定了一裁终局，对劳动者来说，对终局的仲裁裁决不服的，可以自收到仲裁裁决书之日起十五日内向人民法院提起诉讼。一裁终局的裁决发生法律效力后，用人单位不得就同一争议事项再向仲裁委员会申请仲裁或向法院起诉。

为了保护用人单位的合法权利，《中华人民共和国劳动争议调解仲裁法》第 49 条规定，用人单位有证据证明本法第四十七条规定的仲裁裁决有下列情形之一，可以自收到仲裁裁决书之日起三十日内向劳动争议仲裁委员会所在地的中级人民法院申请撤销裁决：（一）适用法律、法规确有错误的；（二）劳动争议仲裁委员会无管辖权的；（三）违反法定程序的；（四）裁决所根据的证据是伪造的；（五）对方当事人隐瞒了足以影响公正裁决的证据的；（六）仲裁员在仲裁该案时有索贿受贿、徇私舞弊、枉法裁决行为的。人民法院经组成合议庭审查核实裁决有前款规定情形之一的，应当裁定撤销。

劳动争议调解仲裁的基本模式是：（1）一调一裁两审制。（2）一裁终局制。

一裁终局制度是劳动争议经仲裁庭裁决后即行终结的制度。适用一裁终局的劳动争议仲裁案件有两类：一是小额仲裁案件，二是标准明确的仲裁案件。

（一）小额仲裁案件

1. 追索劳动报酬的案件。劳动报酬是指劳动者从用人单位得到的全部工资收入。这类案件具有案件频发、涉及人数众多、社会影响大等特点，因此能否及时高效地解决这类案件直接关系到社会的和谐稳定。

2. 追索工伤医疗费的案件。工伤医疗费是指职工因工负伤治疗，享受工伤医疗费，工伤医疗费是工伤保险待遇的一项，主要包括以下内容：（1）工伤职工治疗工伤或者职业病所需的挂号费、住院费、医疗费、药费、就医路费等。（2）工伤职工需要住院治疗的，按照法定标准发给的住院伙食补助费；经批准转外地治疗的，所需交通、食宿费用按照法定标准支付。

3. 追索经济补偿的案件。主要参见《劳动合同法》第46、47条。

4. 追索赔偿金的案件。主要参见《劳动合同法》第48、83、85、87条。

（二）标准明确的仲裁案件

国家劳动标准是指国家对劳动领域内规律性出现的事物或行为

进行规范，以定量或定性形式所作出的统一规定。我国对劳动标准建设一直相当重视，初步形成了以《劳动法》为核心的劳动标准体系，基本涵盖了劳动领域的主要方面。国家劳动标准包括工作时间、休息休假、社会保险等方面。

国家劳动标准具有以下特点：1. 通过规范性文件加以规定。2. 标准明确。往往是用定量的方式加以规定。3. 适用范围广泛。涵盖了劳动领域的主要方面。

61. 对实行一裁终局的劳动争议，劳动者不服的还有哪些救济途径？

【法律解答】《中华人民共和国劳动争议调解仲裁法》第 48 条规定，劳动者对本法第四十七条规定的仲裁裁决不服的，可以自收到仲裁裁决书之日起十五日内向人民法院提起诉讼。

由于劳动者在劳动关系中处于弱势一方，所以对于一裁终局，劳动者应有救济途径。救济途径可以有多种方式，需要使劳动者行使救济权利更方便。

62. 哪些情况下劳动争议仲裁员应当回避？

【法律解答】《中华人民共和国劳动争议调解仲裁法》第 33 条规定，仲裁员有下列情形之一，应当回避，当事人也有权以口头或者书面方式提出回避申请：（一）是本案当事人或者当事人、代理人的近亲属的；（二）与本案有利害关系的；（三）与本案当事人、代理人有其他关系，可能影响公正裁决的；（四）私自会见当事人、代理人，或者接受当事人、代理人的请客送礼的。劳动争议仲裁委员会对回避申请应当及时作出决定，并以口头或者书面方式通知当事人。

《中华人民共和国企业劳动争议处理条例》第 35 条规定，仲裁委员会组成人员或者仲裁员有下列情形之一的，应当回避，当事人有权以口头或者书面方式申请其回避：（一）是劳动争议当事人或者当事人近亲属的；（二）与劳动争议有利害关系的；（三）与劳动争议当事人有其他关系，可能影响公正仲裁的。

仲裁员回避是指仲裁委员会在仲裁劳动争议案件时，仲裁庭成员认为自己不适宜参加本案审理的，依照法律的规定，自行申请退出仲裁，或者当事人认为由于某种原因仲裁庭成员可能存在裁决不公的情形，申请要求其退出仲裁活动。方式主要有两种：一是"自行回避"，二是"当事人提出回避"。

回避的情形主要包括以下几个方面：1. 是本案的当事人或者当事人、代理人的近亲属。这种情形主要指仲裁员本人是本案的当事人一方或当事人一方的代理人或者是他们的近亲属。近亲属主要是指当事人的夫、妻、父、母、子、女、兄弟、姐妹。2. 与本案有利害关系。是指审理本案的仲裁员或者其近亲属与本案有某种利害关系，处理结果会涉及他们在法律上的利益。3. 与本案当事人、代理人有其他关系，可能影响公正仲裁的。"其他关系"主要指以下几种情况：是当事人的朋友、亲戚、同学、同事等。"可能影响公正仲裁的"是"与本案当事人、代理人有其他关系"而应当回避的必要条件，即只有在可能影响公正处理案件的情况下，才适用回避。如仲裁员是当事人的朋友，则要看这种关系是否影响案件的公正审理，来决定是否回避。4. 私自会见当事人、代理人，或者接受当事人、代理人的请客送礼的。案件当事人及其代理人有证据证明办理此案的人员有上述行为，就有权要求他们回避，维护自己的合法权益。

63. 对于哪些劳动争议仲裁裁决实行一裁终局？

【法律解答】《中华人民共和国劳动争议调解仲裁法》第 47 条规定，下列劳动争议，除本法另有规定的外，仲裁裁决为终局裁决，裁决书自作出之日起发生法律效力：（一）追索劳动报酬、工伤医疗费、经济补偿或者赔偿金，不超过当地月最低工资标准十二个月金额的争议；（二）因执行国家的劳动标准在工作时间、休息休假、社会保险等方面发生的争议。

也就是说，一裁终局制度是劳动争议经仲裁庭裁决后即行终结，裁决书自作出之日起发生法律效力，当事人不得就同一争议事项再向仲裁委员会申请仲裁或向法院起诉的制度。

64. 当仲裁庭不能形成多数意见时，应当作出怎样裁决？

【法律解答】《中华人民共和国劳动争议调解仲裁法》第45条规定，裁决应当按照多数仲裁员的意见作出，少数仲裁员的不同意见应当记入笔录。仲裁庭不能形成多数意见时，裁决应当按照首席仲裁员的意见作出。

《中华人民共和国企业劳动争议处理条例》第29条规定，仲裁庭裁决劳动争议案件，实行少数服从多数的原则。不同意见必须如实记入笔录。仲裁庭作出裁决后，应当制作裁决书，送达双方当事人。

65. 劳动争议仲裁时，什么情况下视为撤回仲裁申请？什么情况下可以对申请人缺席裁决？

【法律解答】《中华人民共和国劳动争议调解仲裁法》第36条规定，申请人收到书面通知，无正当理由拒不到庭或者未经仲裁庭同意中途退庭的，可以视为撤回仲裁申请。被申请人收到书面通知，无正当理由拒不到庭或者未经仲裁庭同意中途退庭的，可以缺席裁决。

也就是说，出庭参加仲裁开庭既是当事人的权利，也是当事人的义务。当事人应当根据仲裁庭通知的开庭日期、地点参加仲裁开庭审理。当事人不参加仲裁开庭审理的，应当根据其在仲裁案件中的地位，作出相应的处理，即对申请人可以视为撤回仲裁申请，对被申请人可以缺席裁决。

66. 劳动争议仲裁时，仲裁庭裁决先予执行的需要符合什么条件？

【法律解答】《中华人民共和国劳动争议调解仲裁法》第44条第2款规定，仲裁庭裁决先予执行的，应当符合下列条件：

（一）当事人之间权利义务关系明确；

（二）不先予执行将严重影响申请人的生活。

劳动者申请先予执行的，可以不提供担保。

先予执行的着眼点是满足申请人的迫切需要。执行本应在仲裁裁决发生法律效力之后，先予执行是为了解决一部分当事人由于生活或生产的迫切需要，在裁决之前采取措施以解燃眉之急。仲裁庭裁决劳动争议案件，应当自劳动争议仲裁委员会收到仲裁申请之日起四十五日内结束，这段时间，如果不先予执行，必然使申请人的治疗耽误时间，或者造成严重后果。这样，如果不先予执行，等仲裁庭作出生效裁决后再由义务人履行义务，就会使权利人不能得到及时治疗。仲裁庭裁决先予执行就可以解决这个问题。

劳动争议调解仲裁法所规定的先予执行，有以下几点需要注意：（1）仅对特定类型案件可以申请先予执行。这些特定类型案件是指追索劳动报酬、工伤医疗费、经济补偿或者赔偿金的案件。其他类型的案件不适用先予执行。（2）必须根据当事人的申请。只有当事人申请，仲裁庭才能作出先予执行的裁定。如果当事人不申请，仲裁庭不能主动作出先予执行的裁决。

67. 劳动争议调解仲裁法对劳动争议仲裁中证据问题是如何规定的？

【法律解答】《中华人民共和国劳动争议调解仲裁法》第6条规定，发生劳动争议，当事人对自己提出的主张，有责任提供证据。与争议事项有关的证据属于用人单位掌握管理的，用人单位应当提供；用人单位不提供的，应当承担不利后果。

第 39 条规定，当事人提供的证据经查证属实的，仲裁庭应当将其作为认定事实的根据。劳动者无法提供由用人单位掌握管理的与仲裁请求有关的证据，仲裁庭可以要求用人单位在指定期限内提供。用人单位在指定期限内不提供的，应当承担不利后果。

《中华人民共和国企业劳动争议处理条例》第 33 条规定，仲裁委员会在处理劳动争议时，有权向有关单位查阅与案件有关的档案、资料和其他证明材料，并有权向知情人调查，有关单位和个人不得拒绝。仲裁委员会之间可以委托调查。仲裁委员会及其工作人员对调查劳动争议案件中涉及的秘密和个人隐私应当保密。

证据是指证明主体提供的用来证明案件事实的材料。证据经查证属实的，才能作为仲裁庭认定事实的根据。所谓查证属实是指证据在仲裁庭的主持下，经当事人出示、对方质证和仲裁庭认证，认为证据具有真实性、关联性和合法性。

下列证据不能单独作为认定案件事实的依据：（一）未成年人所作的与其年龄和智力状况不相当的证言；（二）与一方当事人或者其代理人有利害关系的证人出具的证言；（三）存有疑点的视听资料；（四）无法与原件、原物核对的复印件、复制品；（五）无正当理由未出庭作证的证人证言。当事人对自己的主张，只有本人陈述而不能提出其他相关证据的，其主张不予支持。但对方当事人认可的除外。

劳动争议仲裁涉及的证据种类包括书证、物证、视听资料、证人证言、当事人陈述、鉴定结论、勘验笔录等。

68. 仲裁庭对劳动争议作出裁决的期限是怎么规定的？

【法律解答】《中华人民共和国劳动争议调解仲裁法》第 43 条第 1 款规定，仲裁庭裁决劳动争议案件，应当自劳动争议仲裁委员会受理仲裁申请之日起四十五日内结束。案情复杂需要延期的，经劳动争议仲裁委员会主任批准，可以延期并书面通知当事人，但是延长期限不得超过十五日。逾期未作出仲裁裁决的，当事人可以就该劳动争议事项向人民法院提起诉讼。

69. 申请劳动争议仲裁后还能自行和解吗？

【法律解答】《中华人民共和国劳动争议调解仲裁法》第41条规定，当事人申请劳动争议仲裁后，可以自行和解。达成和解协议的，可以撤回仲裁申请。

当事人撤回仲裁申请后，如果一方当事人逾期不履行和解协议，另一方当事人可以向劳动争议仲裁机构重新申请仲裁。由于和解协议不具有强制执行力，因此当事人不能直接向人民法院申请强制执行。但是，仲裁庭根据当事人的申请，对和解协议进行审查确认后制作的调解书，具有强制执行力，一方当事人逾期不履行的，另一方当事人可以依照民事诉讼法的有关规定直接向人民法院申请强制执行。

70. 在劳动争议仲裁程序中裁决和调解的关系如何？对仲裁程序中的调解有何要求？

【法律解答】《劳动争议调解仲裁法》第42条规定，仲裁庭在作出裁决前，应当先行调解。调解达成协议的，仲裁庭应当制作调解书。调解书应当写明仲裁请求和当事人协议的结果。调解书由仲裁员签名，加盖劳动争议仲裁委员会印章，送达双方当事人。调解书经双方当事人签收后，发生法律效力。调解不成或者调解书送达前，一方当事人反悔的，仲裁庭应当及时作出裁决。

因此，仲裁庭在作出裁决前，应当先行调解。调解一方面是一种审理活动，另一方面又是一种结案方式。通过仲裁调解形式解决纠纷，既有利于增强当事人之间的团结，减少当事人之间的隔阂，同时也有利于彻底解决纠纷和提高办案效率，避免仲裁案件的拖延解决。

71. 什么是劳动争议仲裁开庭笔录？对此有何要求？

【法律解答】《中华人民共和国劳动争议调解仲裁法》第40条规定，仲裁庭应当将开庭情况记入笔录。当事人和其他仲裁参加人认为对自己陈述的记录有遗漏或者差错的，有权申请补正。如果不予补正，应当记录该申请。笔录由仲裁员、记录人员、当事人和其他仲裁参加人签名或者盖章。

开庭笔录是仲裁庭记录人员制作的，如实反映仲裁庭开庭审理劳动争议案件过程中仲裁员、当事人以及其他仲裁参加人陈述意见、互相质证、进行辩论、变更请求、庭前调解等活动的书面记录。

72. 劳动争议调解仲裁法对当事人在仲裁过程中的质证与辩论权是如何规定的？

【法律解答】《中华人民共和国劳动争议调解仲裁法》第38条规定，当事人在仲裁过程中有权进行质证和辩论。质证和辩论终结时，首席仲裁员或者独任仲裁员应当征询当事人的最后意见。

质证和辩论是劳动争议仲裁中最重要的两个环节，要保障当事人的仲裁权利，最重要的就是要保障当事人的质证和辩论权利。

73. 劳动争议调解仲裁法对鉴定程序的启动、鉴定机构的确定以及鉴定人参加开庭作了哪些规定？

【法律解答】《中华人民共和国劳动争议调解仲裁法》第37条规定，仲裁庭对专门性问题认为需要鉴定的，可以交由当事人约定的鉴定机构鉴定；当事人没有约定或者无法达成约定的，由仲裁庭指定的鉴定机构鉴定。根据当事人的请求或者仲裁庭的要求，鉴定机构应当派鉴定人参加开庭。当事人经仲裁庭许可，可以向鉴定人提问。

在诉讼及仲裁过程中，经常会遇到与案件有关的专门性问题，如文书的真伪、签名的真假、物品的价值、产品的质量、伤残等级等，这些问题法官或者仲裁员无法运用自己的知识和经验来作出判断，必须由专业机构、专业人员运用专门知识、专业技能和职业经验进行鉴定。所谓鉴定，就是指鉴定主体根据司法机关、仲裁机构或者当事人的申请，通过对鉴定材料的观察、比较、检验、鉴别等专业性、技术性活动，对案件涉及的专门性问题进行分析、判断，作出鉴定结论的活动。常见的鉴定包括医学鉴定、痕迹鉴定、文书鉴定、会计鉴定、产品质量鉴定、伤残鉴定等。劳动争议仲裁案件经常涉及的鉴定包括劳动能力鉴定、职业病鉴定等。

74. 劳动争议调解仲裁法对开庭日期是如何规定的？能否延期开庭？

【法律解答】《中华人民共和国劳动争议调解仲裁法》第35条规定，仲裁庭应当在开庭五日前，将开庭日期、地点书面通知双方当事人。当事人有正当理由的，可以在开庭三日前请求延期开庭。是否延期，由劳动争议仲裁委员会决定。

75. 劳动争议调解仲裁法对裁决书的内容和形式有何规定？

【法律解答】《中华人民共和国劳动争议调解仲裁法》第46条规定，裁决书应当载明仲裁请求、争议事实、裁决理由、裁决结果和裁决日期。裁决书由仲裁员签名，加盖劳动争议仲裁委员会印章。对裁决持不同意见的仲裁员，可以签名，也可以不签名。

76. 劳动争议仲裁时，仲裁庭的组成情况要对当事人保密吗？

【法律解答】《中华人民共和国劳动争议调解仲裁法》第32条规定，劳动争议仲裁委员会应当在受理仲裁申请之日起五日内将仲裁庭的组成情况书面通知当事人。

也就是说，劳动争议仲裁庭的组成由劳动争议仲裁委员会决定。当事人对谁担任仲裁员并不知道，对仲裁员的情况也并不了解，为了便于当事人对仲裁员的监督，保证仲裁活动的公正性，在仲裁庭组成后，劳动争议仲裁委员会应当将仲裁庭组成情况及时通知双方当事人。

77. 劳动者被开除，人事档案未转移，用人单位会承担什么风险？

【法律解答】《中华人民共和国劳动合同法》第50条规定，用人单位应当在解除或者终止劳动合同时出具解除或者终止劳动合同的证明，并在十五日内为劳动者办理档案和社会保险关系转移手续。

劳动者应当按照双方约定，办理工作交接。用人单位依照本法有关规定应当向劳动者支付经济补偿的，在办结工作交接时支付。

用人单位对已经解除或者终止的劳动合同的文本，至少保存二年备查。

《劳动部关于企业职工流动若干问题的通知》中规定，用人单位与职工解除劳动关系后，应及时将职工档案转到职工新的接收单位；无接收单位的，应转到职工本人户口所在地。

78. 劳动者对劳动争议仲裁委员会的仲裁决定不服可以提起行政复议吗？

【法律解答】《劳动和社会保障行政复议办法》第5条规定，公民、法人或者其他组织对下列事项，不能申请行政复议：（一）劳动者与用人单位之间在执行劳动保障法律、法规、规章及其他规范性文件中发生的劳动争议；（二）对劳动鉴定委员会作出的伤残等级鉴定结论不服的；（三）对劳动争议仲裁委员会作出的仲裁决定或者裁决不服的；（四）向人民法院提起行政诉讼，人民法院已经依法受理的；（五）法律、法规规定的其他情形。

根据上述规定，劳动者对劳动争议仲裁委员会的仲裁决定不服的不能提起行政复议。

《中华人民共和国劳动法》第83条规定，劳动争议当事人对仲裁裁决不服的，可以自收到仲裁裁决书之日起 15 日内向人民法院提起诉讼。一方当事人在法定期限内不起诉又不履行仲裁裁决的，另一方当事人可以申请人民法院强制执行。

因此，对劳动争议仲裁委员会的仲裁决定不服，可以依法向人民法院提起劳动诉讼，要求人民法院依法做出处理。

79. 经劳动争议仲裁委员会调解后还可以反悔吗？

【法律解答】《中华人民共和国劳动争议调解仲裁法》第 14 条规定，经调解达成协议的，应当制作调解协议书。

调解协议书由双方当事人签名或者盖章，经调解员签名并加盖调解组织印章后生效，对双方当事人具有约束力，当事人应当履行。

自劳动争议调解组织收到调解申请之日起十五日内未达成调解协议的，当事人可以依法申请仲裁。

第 15 条规定，达成调解协议后，一方当事人在协议约定期限内不履行调解协议的，另一方当事人可以依法申请仲裁。

第 16 条规定，因支付拖欠劳动报酬、工伤医疗费、经济补偿或者赔偿金事项达成调解协议，用人单位在协议约定期限内不履行的，劳动者可以持调解协议书依法向人民法院申请支付令。人民法院应当依法发出支付令。

因此，在调解书送达之前，当事人可以反悔；当事人反悔的，调解书不发生法律效力，劳动争议仲裁委员会应当及时做出裁决。

80. 企业被开办机关解散后还可以申请劳动争议仲裁吗？

【法律解答】根据《〈关于因破产、被工商部门吊销营业执照或自行解散的企业拖欠职工工资引发的劳动争议如何确认被诉人的请示〉的复函》的规定，为了保护劳动者的合法权益，在企业被吊销营业执照、解散、撤销、歇业或者破产后，相关劳动争议应当按照以下原则处理：

一、关于被吊销营业执照、解散或撤销的企业发生劳动争议，职工当事人申请仲裁，如何确认被诉人的问题。《中华人民共和国企业法人登记管理条例》第33条规定："企业法人被吊销《企业法人营业执照》，登记主管机关应当收缴其公章，并将注销登记情况告知其开户银行，其债权债务由主管部门或者清算组织负责清理。"最高人民法院《关于贯彻执行〈中华人民共和国民法通则〉若干问题的意见》第59条规定："企业法人解散或者被撤销的，应当由其主管机关组织清算小组进行清算。"最高人民法院《关于企业开办的企业被撤销或者歇业后民事责任承担问题的批复》（法复〔1994〕4号）中规定，企业开办的企业被撤销、歇业或者依照《中华人民共和国企业法人登记管理条例》第22条规定视同歇业后，其债务承担问题应根据以下不同情况分别处理：企业开办的企业领取了《企业法人营业执照》并在实际上具备企业法人条件的，应当以其经营管理或者所有的财产独立承担民事责任；企业开办的企业虽然领取了《企业法人营业执照》，因其实际没有投入自有资金，或投入的自有资金达不到规定数额，以及不具备企业法人其他条件的，应当认定其不具备法人资格，其民事责任由开办该企业的企业法人承担。根据上述规定精神，企业在被吊销营业执照、解散、撤销或歇业后，应当由其主管部门或开办单位或依法成立的清算组织作为被诉人参加仲裁活动。

二、关于破产企业发生劳动争议，职工当事人申请仲裁，如何确认被诉人的问题，应依据劳动部《对〈关于破产企业能否成为被诉人的请示〉的复函》（劳部发〔1996〕278号）的规定，由依法成立的清算组织作为被诉人参加劳动争议仲裁活动。

因此，在企业发生被吊销营业执照、解散、撤销、歇业或者破产的情况时，劳动者可以依据上述原则确定劳动仲裁的被诉人。

81. 已撤诉的劳动争议案件还可以再次向劳动争议仲裁委员会提起仲裁申请吗？

【法律解答】《劳动部办公厅关于已撤诉的劳动争议案件劳动争议仲裁委员会是否可以再受理的复函》规定，根据《中华人民共和国民事诉讼法》第111条第5项关于"对判决、裁定已发生法律效力的案件，当事人又起诉的，告知原告按申诉处理，但人民法院准许撤诉的裁定除外"的规定，最高人民法院在《关于适用〈中华人民共和国民事诉讼法〉若干问题的意见》第144条明确规定："当事人撤诉或人民法院按撤诉处理后，当事人以同一诉讼请求再次起诉的，人民法院应予受理。"

据上述规定精神，当事人撤诉或者劳动争议仲裁委员会按撤诉处理的案件，如当事人就同一仲裁请求再次申请仲裁，只要符合受理条件，劳动争议仲裁委员会应当再次立案审理，申请仲裁时效期间从撤诉之日起重新开始计算。

因此，就劳动争议问题再次向劳动争议仲裁委员会提出仲裁申请，只要符合受理条件，劳动争议仲裁委员会应当再次立案审理。

82. 哪些劳动争议仲裁裁决人民法院不予执行？

【法律解答】《最高人民法院关于审理劳动争议案件适用法律若干问题的解释》第21条规定，当事人申请人民法院执行劳动争议仲裁机构作出的发生法律效力的裁决书、调解书，被申请人提出证据证明劳动争议仲裁裁决书、调解书有下列情形之一，并经审查核实的，人民法院可以根据《民事诉讼法》第217条之规定，裁定不予执行：（一）裁决的事项不属于劳动争议仲裁范围，或者劳动争议仲裁机构无权仲裁的；（二）适用法律确有错误的；（三）仲裁员仲裁该案时，有徇私舞弊、枉法裁决行为的；（四）人民法院认定执行该劳动争议仲裁裁决违背社会公共利益的。

因此，对于具有前述法定情形的劳动争议仲裁裁决书、调解书，当事人可以申请人民法院不予执行，但申请人应当提供适当的证据对其主张加以证明。人民法院裁定不予执行的，应当在不予执行的裁定书中告知当事人在收到裁定书之次日起法定期限内，可以就该劳动争议事项向人民法院起诉。也就是说，劳动争议的双方仍然可以要求人民法院依法对该争议做出新的裁决。

83. 哪些人事争议可以申请人事仲裁？

【法律解答】《人事争议处理规定》第 2 条规定，本规定适用于下列人事争议：（一）实施公务员法的机关与聘任制公务员之间、参照《中华人民共和国公务员法》管理的机关（单位）与聘任工作人员之间因履行聘任合同发生的争议。（二）事业单位与工作人员之间因解除人事关系、履行聘用合同发生的争议。（三）社团组织与工作人员之间因解除人事关系、履行聘用合同发生的争议。（四）军队聘用单位与文职人员之间因履行聘用合同发生的争议。（五）依照法律、法规规定可以仲裁的其他人事争议。

84. 当事人申请人事仲裁应当注意哪些问题？

【法律解答】《人事争议处理规定》第 3 条规定，人事争议发生后，当事人可以协商解决；不愿协商或者协商不成的，可以向主管部门申请调解，其中军队聘用单位与文职人员的人事争议，可以向聘用单位的上一级单位申请调解；不愿调解或调解不成的，可以向人事争议仲裁委员会申请仲裁。当事人也可以直接向人事争议仲裁委员会申请仲裁。当事人对仲裁裁决不服的，可以向人民法院提起诉讼。

85. 人事争议仲裁机构应当按照什么程序进行仲裁？

【法律解答】《人事争议处理规定》第 16 条规定，当事人从知道或应当知道其权利受到侵害之日起六十日内，以书面形式向有管辖权的人事争议仲裁委员会申请仲裁。当事人因不可抗力或者有其他正当理由超过申请仲裁时效，经人事争议仲裁委员会调查确认的，人事争议仲裁委员会应当受理。

第18条规定，人事争议仲裁委员会在收到仲裁申请书之日起十个工作日内，认为不符合受理条件的，应当书面通知申请人不予受理，并说明理由；认为符合受理条件的，应当受理，将受理通知书送达申请人，将仲裁申请书副本送达被申请人。

第19条规定，被申请人应当在收到仲裁申请书副本之日起十个工作日内提交答辩书。被申请人没有按时提交或者不提交答辩书的，不影响仲裁的进行。

86. 对一裁终局以外的其他劳动争议，当事人不服仲裁裁决的该如何处理？

【法律解答】《劳动争议调解仲裁法》第50条规定，当事人对本法第四十七条规定以外的其他劳动争议案件的仲裁裁决不服的，可以自收到仲裁裁决书之日起十五日内向人民法院提起诉讼；期满不起诉的，裁决书发生法律效力。

也就是说，除一裁终局的情况以外，"一调一裁两审"是劳动争议处理的一般模式。采取一般模式处理劳动争议的情况下，有必要对仲裁与诉讼的衔接作出规定。

87. 劳动争议调解仲裁法对发生法律效力的调解书、裁决书的履行和申请执行有何规定？

【法律解答】《劳动争议调解仲裁法》第51条规定，当事人对发生法律效力的调解书、裁决书，应当依照规定的期限履行。一方当事人逾期不履行的，另一方当事人可以依照民事诉讼法的有关规定向人民法院申请执行。受理申请的人民法院应当依法执行。

88. 劳动争议仲裁庭怎么设立和构成？

【法律解答】《中华人民共和国劳动争议调解仲裁法》第31条规定，劳动争议仲裁委员会裁决劳动争议案件实行仲裁庭制。仲裁庭由三名仲裁员组成，设首席仲裁员。简单劳动争议案件可以由一名仲裁员独任仲裁。

（1）劳动争议仲裁委员会裁决案件实行仲裁庭制

劳动仲裁庭是由仲裁员组成的具体劳动争议的裁决机构。根据本条规定，劳动争议的仲裁实行仲裁庭制，这就意味着：其一，劳动纠纷的处理不是由仲裁委员会进行，而是由仲裁庭进行，仲裁庭独立的审理案件；其二，按照仲裁庭制的基本要求，针对每个案件应该单独的成立仲裁庭，仲裁结束后，该仲裁庭解散。

（2）劳动争议仲裁庭的种类和构成

根据本条的规定，劳动争议仲裁庭分为两种：一般仲裁庭和独任仲裁庭。

①一般仲裁庭。原则上劳动争议案件的裁决应该采用一般仲裁庭的方式。该仲裁庭由三名仲裁员组成，在三名仲裁员中，必须确定一名首席仲裁员。首席仲裁员在仲裁的过程中享有特别的权利，包括询问最后意见、不能形成最终意见时的决定权等等。但是在其他权利的享有上，一般仲裁员和首席仲裁员并没有实质性的差别。②独任仲裁庭。对于简单的劳动争议案件，可以采用独任仲裁的方式，也就是由一名仲裁员组成仲裁庭。

89. 劳动争议仲裁中的第三人有哪些权利？

【法律解答】《劳动争议调解仲裁法》第23条规定，与劳动争议案件的处理结果有利害关系的第三人，可以申请参加仲裁活动或者由劳动争议仲裁委员会通知其参加仲裁活动。

劳动争议仲裁中的第三人是指与劳动争议的处理结果有利害关系，申请参加或者由劳动争议仲裁委员会通知参加劳动仲裁的用人单位或者劳动者。

根据本条的规定和上述概念，劳动争议仲裁中的第三人具有如下特征：

（1）第三人参加仲裁的依据是其与劳动争议案件的处理结果具有利害关系。

与劳动争议案件的利害关系是第三人参加仲裁的根据。此处的利害关系主要指的是法律所承认的利害关系。这种法律上的利害关系需要仲裁委员会根据具体案件来具体的认定。但是一个一般的标准应该是第三人与申请人或者被申请人之间存在某一法律关系，根据这一法律关系，如果一方当事人的主张没有得到支持，他就应当承担一定的责任。需要注意的是，不能把任何事实上的利害关系都认为是法律上的利害关系。

（2）第三人参加的劳动争议仲裁是已经开始尚未结束的仲裁。

只有已经开始尚未结束的劳动争议仲裁第三人才有参加的可能性，如果程序没有开始或者已经结束，第三人根本就没有参加的可能。也只有已经开始尚未结束的仲裁第三人才有参加的必要性。如果程序没有开始，特别是程序已经结束，仲裁委员会已经做出了仲裁裁决，第三人根本不必要再去通过参加仲裁来维护自己的权益了。

（3）第三人参加仲裁的方式是自己申请参加或者仲裁委员会通知其参加。

第三人可以通过两种方式参加仲裁程序：其一，自己申请参加。但是并不意味着其只要申请就肯定能够参加，是否能参加有赖于仲裁委员会的批准。其二，仲裁委员会通知其参加。如果仲裁委员会认为有必要让相关人员作为第三人参加到仲裁程序中，它有权通知相关人员参加。被通知的人员不参加不影响正在进行的仲裁程序的继续进行。

（4）第三人参加仲裁的目的是为了维护自身的利益。

第三人参加仲裁的基本目的在于通过支持和自己有法律上利害关系的当事人，反对另一方当事人的主张，达到维护自身权利的目的。

第三人在仲裁程序中享有特殊的法律地位。它既不是申请人也不是被申请人。他的特殊法律地位主要表现在其所享有的权利上：第三人原则上享有当事人的一切权利。但是他不能对案件的管辖提出异议；不能放弃、变更或者撤回仲裁的请求；只有仲裁裁决判令其承担责任时，他才可以根据法律的规定提起诉讼，否则不可以。

90. 什么是劳动争议仲裁中的代理人？

【法律解答】《中华人民共和国劳动争议调解仲裁法》第24条规定，当事人可以委托代理人参加仲裁活动。委托他人参加仲裁活动，应当向劳动争议仲裁委员会提交有委托人签名或者盖章的委托书，委托书应当载明委托事项和权限。

第25条规定，丧失或者部分丧失民事行为能力的劳动者，由其法定代理人代为参加仲裁活动；无法定代理人的，由劳动争议仲裁委员会为其指定代理人。劳动者死亡的，由其近亲属或者代理人参加仲裁活动。

由于劳动者一般为成年人，用人单位一方多为法人或其他组织，所以法律对法定代理的规定主要目的是保护丧失或者部分丧失民事行为能力的劳动者的利益。因此，上述规定所指的法定代理人是根据法律的规定行使代理权，代理当事人参加仲裁活动的人，适用于被代理人虽为成年人但因疾病、伤害等情况丧失或者部分丧失民事行为能力的人。一般认为，在劳动争议仲裁中，丧失或者部分丧失民事行为能力的劳动者的监护人是他的法定代理人。实践中，最常见的法定仲裁代理人主要有父母、配偶、成年的兄、姐等。

法定代理是法律为保护被代理人合法权益而设立的一项法律制度。法定代理人没有充分理由，不得拒绝代理。在仲裁程序中，法定代理人的代理权一般因下列情形之一而消灭：（1）被代理人恢复了行为能力；（2）被代理人死亡；（3）法定代理人死亡或者丧失行为能力；（4）法定代理人失去对被代理人的亲权或者监护权。

91. 劳动争议仲裁时效是怎么规定的?

【法律解答】《中华人民共和国劳动争议调解仲裁法》第 27 条规定，劳动争议申请仲裁的时效期间为一年。仲裁时效期间从当事人知道或者应当知道其权利被侵害之日起计算。

前款规定的仲裁时效，因当事人一方向对方当事人主张权利，或者向有关部门请求权利救济，或者对方当事人同意履行义务而中断。从中断时起，仲裁时效期间重新计算。

因不可抗力或者有其他正当理由，当事人不能在本条第一款规定的仲裁时效期间申请仲裁的，仲裁时效中止。从中止时效的原因消除之日起，仲裁时效期间继续计算。

劳动关系存续期间因拖欠劳动报酬发生争议的，劳动者申请仲裁不受本条第一款规定的仲裁时效期间的限制；但是，劳动关系终止的，应当自劳动关系终止之日起一年内提出。

劳动仲裁时效，是指权利人在一定期间内不行使请求劳动争议仲裁机构保护其权利的请求权，就丧失该请求权的法律制度。

仲裁时效期间从当事人知道或者应当知道其权利被侵害之日起计算。权利人知道自己的权利遭到了侵害，这是其请求劳动争议仲裁机构保护其权利的基础。知道权利遭受了侵害，指权利人主观上已了解自己权利被侵害事实的发生；应当知道权利遭受了侵害，指权利人尽管主观上不了解其权利已被侵害的事实，但根据他所处的环境，有理由认为他已了解权利已被侵害的事实，规定在这种情况下起算时效，是为防止权利人因对自己的权利未尽必要的注意义务而怠于履行权利，但却借口其不知权利受侵害而推延仲裁时效起算点的情况发生。

注意，权利人主观上认为自己的权利受到了侵害，而事实上其权利并未受到侵害的，不能使仲裁时效期间开始计算。

92. 劳动争议仲裁申请应该采取什么形式?

【法律解答】《中华人民共和国劳动争议调解仲裁法》第 28 条

第 1 款、第 3 款规定，申请人申请仲裁应当提交书面仲裁申请，并按照被申请人人数提出副本。书写仲裁申请确有困难的，可以口头申请，由劳动争议仲裁委员会记入笔录，并告知对方当事人。

上述规定表明仲裁申请一般采用书面形式，并按照被申请人人数提出副本。只有在申诉人书写仲裁申请确有困难的情况下，才可以以口头的方式提出申请。比如当事人不识字、身体残疾等特殊原因书写确有困难的，口头提出申请，由劳动争议仲裁委员会记入笔录，并告知对方当事人。

以书面形式申请仲裁，有利于明确表达申请人的仲裁请求及其所根据的事实和理由，也便于劳动争议仲裁委员会进行审查，决定是否受理，以及在决定受理后，可以向被申请人转达申请人的仲裁请求和依据等。因此，《劳动争议调解仲裁法》将书面仲裁申请作为主要的、一般的仲裁申请的形式，只有在极特殊情况下，才允许口头申请的方式。申请人在提交书面仲裁申请的时候，应该按照被申请人的人数提交副本。副本与正本具有相同的法律效力，只不过正本由劳动争议仲裁委员会保存，副本送达给被申请人。

93. 劳动争议仲裁申请应该注意哪些事项？

【法律解答】 根据《劳动争议调解仲裁法》的规定，劳动者在申请劳动仲裁时，应该注意以下事项：

（1）申请人应提交的文件包括：申请人向仲裁委员会申请劳动争议仲裁时，应采用书面形式，提交申诉书，并按照被诉人数提交副本。仲裁申请书应当载明申诉人的姓名、职业、住址、工作单位、邮政编码以及联系电话和被诉人（企业）的名称、地址和法定代表人的姓名、职务、联系电话；仲裁申请书应当着重阐明仲裁请求和所根据的事实和理由；并且提供相应的证据材料。

（2）当事人注意事项：劳动者与用人单位发生劳动争议的，无论哪一方申请调解、仲裁，都应以对方当事人为被申诉人。对仲裁庭的裁决不服的只能以对方当事人为被告，而不能以仲裁委员会为被告。

（3）主体的确定问题，会出现以下几种情况：

①用人单位与其他单位合并的，合并前发生的劳动争议，由合并后的单位为当事人；用人单位分立为若干单位的，其分立前发生的劳动争议，由分立后的实际用人单位为当事人。

②用人单位分立为若干单位后，对承受劳动权利义务的单位不明确的，分立后的单位均为当事人。

③用人单位招用尚未解除劳动合同的劳动者，原用人单位与劳动者发生的劳动争议，可以列新的用人单位为第三人。

④原用人单位以新的用人单位侵权为由向人民法院起诉的，可以列劳动者为第三人。

⑤原用人单位以新的用人单位和劳动者共同侵权为由向人民法院起诉的，新的用人单位和劳动者列为共同被告。

⑥劳动者在用人单位与其他平等主体之间的承包经营期间，与发包方和承包方双方或者一方发生劳动争议，依法向人民法院起诉的，应当将承包方和发包方作为当事人。

94. 在劳动争议仲裁的审查和受理部分应该注意什么问题？

【法律解答】（一）受理的管辖

《中华人民共和国劳动争议调解仲裁法》第21条规定，劳动争议仲裁委员会负责管辖本区域内发生的劳动争议。

劳动争议由劳动合同履行地或者用人单位所在地的劳动争议仲裁委员会管辖。双方当事人分别向劳动合同履行地和用人单位所在地的劳动争议仲裁委员会申请仲裁的，由劳动合同履行地的劳动争议仲裁委员会管辖。

上述规定表明，仲裁申请必须由有管辖权的仲裁委员会受理，对该劳动争议没有管辖权的则无权受理，这是受理和处理争议的最基本的原则。

（二）对仲裁申请的审查

对仲裁申请的审查主要从程序上进行，审查的主要内容包括以下几个方面：

第一，申请人是否与本案有直接利害关系。有直接利害关系是指申请人自己的劳动权利受到侵害或者与另一方当事人发生劳动争议。只有自己的劳动权益受到侵害，为了保护自己的劳动权益申请仲裁的，才是合格的申请人。

第二，申请仲裁的争议是否属于劳动争议。劳动争议调解仲裁法第二条规定了法定的劳动争议的范围。劳动争议仲裁委员会只负责审理法定的劳动争议案件，如果双方争议的事项不属于上述规定的内容，不是劳动争议，则不属于劳动争议仲裁委员会的受案范围。

第三，该劳动争议是否属于该仲裁委员会管辖。劳动争议仲裁委员会受理当事人的仲裁申请后，应当根据上述法第二十一条的规定审查本仲裁委员会对此劳动争议是否有管辖权。如果没有管辖权的应该移送有管辖权的劳动争议仲裁委员会。

第四，申请书及有关材料是否齐备并符合要求。即审查仲裁申请书是否符合法律的相关规定，是否有具体的仲裁请求和事实、理由。

第五，是否符合仲裁时效的规定。劳动争议仲裁委员会要根据劳动争议调解仲裁法第二十七条的相关规定进行审查，申请人的仲裁请求是否超过仲裁时效，是否有中止、中断的事由等。

（三）审查后的处理

劳动争议仲裁委员会对于仲裁申请进行审查，并按照《劳动争议调解仲裁法》第二十九条和第三十条的规定对于申请人的申请进行审查后的不同处理。

劳动争议仲裁委员会经过审查，认为符合以上受理条件的申请，应当在法定期限内受理。

《中华人民共和国劳动争议调解仲裁法》第29条规定，劳动争议仲裁委员会收到仲裁申请之日起五日内，认为符合受理条件的，应当受理，并通知申请人；认为不符合受理条件的，应当书面通知申请人不予受理，并说明理由。对劳动争议仲裁委员会不予受理或者逾期未作出决定的，申请人可以就该劳动争议事项向人民法院提起诉讼。

劳动争议仲裁委员会认为不符合受理条件的，应当书面通知申请人不予受理，并说明理由。由于申请人必须证明其已经历了申请仲裁的程序，才能向人民法院提起诉讼。因此，如果劳动争议仲裁委员会不予受理，应当书面通知申请人，并说明理由，便于申请人进一步寻求司法救济。如果劳动争议仲裁委员会不在规定的时间内作出受理决定或者出具不予受理通知书，拖延了时间，则影响了当事人进一步的救济权利的实现，损害了劳动争议当事人的合法权益。因此，第二十九条明确规定，对劳动争议仲裁委员会不予受理或者逾期未作出决定的，申请人可以就该劳动争议事项向人民法院提起诉讼。根据这一规定，如果劳动争议仲裁委员会不予受理或者超过了五日没有向申请人出具不予受理通知书的，当事人即可以就劳动争议的内容向人民法院提起诉讼，进入诉讼程序。

95. 劳动争议仲裁收费吗？

【法律解答】《中华人民共和国劳动争议调解仲裁法》第53条规定，劳动争议仲裁不收费。劳动争议仲裁委员会的经费由财政予以保障。

96. 劳动争议仲裁裁决一般如何作出？

【法律解答】《中华人民共和国劳动争议调解仲裁法》第43条规定，仲裁庭裁决劳动争议案件，应当自劳动争议仲裁委员会收到仲裁申请之日起四十五日内结束。案情复杂需要延期的，经劳动争议仲裁委员会主任批准，可以延期并书面通知当事人，但是延长期限不得超过十五日。逾期未作出仲裁裁决的，当事人可以就该劳动争议事项向人民法院提起诉讼。仲裁庭裁决劳动争议案件时，其中一部分事实已经清楚，可以就该部分先行裁决。

第 44 条规定，仲裁庭对追索劳动报酬、工伤医疗费、经济补偿或者法定赔偿金的案件，根据当事人的申请，可以裁决先予执行，移送人民法院执行。

仲裁庭裁决先予执行的，应当符合下列条件：

（一）当事人之间权利义务关系明确；

（二）不先予执行将严重影响申请人的生活。

劳动者申请先予执行的，可以不提供担保。

第 45 条规定，裁决应当按照多数仲裁员的意见作出，少数仲裁员的不同意见应当记入笔录。仲裁庭不能形成多数意见时，裁决应当按照首席仲裁员的意见作出。

第 46 条规定，裁决书应当载明仲裁请求、争议事实、裁决理由、裁决结果和裁决日期。裁决书由仲裁员签名，加盖劳动争议仲裁委员会印章。对裁决持不同意见的仲裁员，可以签名，也可以不签名。

97. 对劳动争议仲裁委员会不予受理或者逾期未作出决定的，应该如何处理？

【法律解答】《中华人民共和国劳动争议调解仲裁法》第 29 条规定，劳动争议仲裁委员会收到仲裁申请之日起五日内，认为符合受理条件的，应当受理，并通知申请人；认为不符合受理条件的，应当书面通知申请人不予受理，并说明理由。对劳动争议仲裁委员会不予受理或者逾期未作出决定的，申请人可以就该劳动争议事项向人民法院提起诉讼。对劳动争议仲裁委员会不予受理或者逾期未作出决定的，申请人可以就该劳动争议事项向人民法院提起诉讼。

98. 劳动争议仲裁规则由哪个机关制定？劳动争议仲裁工作由什么部门指导？

【法律解答】《中华人民共和国劳动争议调解仲裁法》第 18 条规定，国务院劳动行政部门依照本法有关规定制定仲裁规则。此外，该条还规定，省、自治区、直辖市人民政府劳动行政部门对本行政区域的劳动争议仲裁工作进行指导。

劳动争议仲裁的仲裁规则，是指劳动争议仲裁进行的具体程序及此程序中相应的劳动争议仲裁法律关系的规则。劳动争议仲裁的仲裁规则不同于民商事仲裁的仲裁规则，劳动争议仲裁的仲裁规则的制定也不同于一般民商事仲裁的仲裁规则的制定，劳动争议仲裁的仲裁规则不是由劳动争议仲裁委员会自行制定或者当事人另外选定。

99. 用人单位不按规定与劳动者订立劳动合同发生争议时劳动者该怎么办？

【法律解答】《中华人民共和国劳动合同法》第82条规定，用人单位自用工之日起超过一个月不满一年未与劳动者订立书面劳动合同的，应当向劳动者每月支付二倍的工资。用人单位违反本法规定不与劳动者订立无固定期限劳动合同的，自应当订立无固定期限劳动合同之日起向劳动者每月支付二倍的工资。

《中华人民共和国劳动合同法》第11条规定，用人单位未在用工的同时订立书面劳动合同，与劳动者约定的劳动报酬不明确的，新招用的劳动者的劳动报酬按照集体合同规定的标准执行；没有集体合同或者集体合同未规定的，实行同工同酬。

第11条是用人单位在一个月内没有订立书面劳动合同时对于劳动报酬应该如何确定的规定。第82条是关于用人单位自用工之日起超过一个月不满一年不与劳动者签订书面劳动合同应该承担的法律责任的规定。同时，因订立劳动合同发生的争议也是劳动争议调解仲裁法调整的范围，劳动者可以提起调解、仲裁或诉讼。

100. 什么是劳动争议仲裁时效期间的中断？中断的法定事由有哪些？有何法律后果？

【法律解答】《中华人民共和国劳动争议调解仲裁法》第27条

第 2 款规定，前款规定的仲裁时效，因当事人一方向对方当事人主张权利，或者向有关部门请求权利救济，或者对方当事人同意履行义务而中断。从中断时起，仲裁时效期间重新计算。

也就是说，仲裁时效的中断，是指在仲裁时效进行期间，因发生法定事由致使已经经过的仲裁时效期间统归无效，待时效中断事由消除后，重新开始计算仲裁时效期间。

101. 如何确定一个劳动争议是否发生在本仲裁委员会管辖区域范围内？

【法律解答】《中华人民共和国劳动争议调解仲裁法》第 21 条第 2 款规定，劳动争议由劳动合同履行地或者用人单位所在地的劳动争议仲裁委员会管辖。

也就是说，只要发生争议的当事人一方的用人单位所在地或者发生争议的当事人之间的劳动合同的履行地是在一个劳动争议仲裁委员会的管辖范围内，则该劳动争议仲裁委员会为有管辖权的劳动争议仲裁委员会。发生劳动争议的当事人必须到有管辖权的劳动争议仲裁委员会去申请仲裁。

102. 劳动争议仲裁员的主要职责有哪些？

【法律解答】根据《中华人民共和国劳动争议调解仲裁法》的有关规定，仲裁员的主要职责是：（1）接受劳动争议仲裁委员会交办的劳动争议案件，参加仲裁庭；（2）进行调查取证，有权向当事人及有关单位、人员进行调阅文件、档案，询问证人，现场勘察，技术鉴定等等与争议事实有关的调查；（3）根据国家有关法律、法规、规章、政策提出处理方案；（4）对争议当事人双方进行调解工作，促使当事人达成和解协议；（5）审查申请人的撤诉请求等。

103. 劳动争议仲裁员应该具备什么条件？

【法律解答】《中华人民共和国劳动争议调解仲裁法》第 20 条规定了成为劳动争议仲裁的仲裁员应具备的条件。仲裁员应当公道正派并符合下列条件之一：

（一）曾任审判员的；

（二）从事法律研究、教学工作并具有中级以上职称的；

（三）具有法律知识、从事人力资源管理或者工会等专业工作满五年的；

（四）律师执业满三年的。

劳动争议仲裁的仲裁员是指由劳动争议仲裁委员会依法聘任后，专门从事劳动争议裁决工作的人员，包括兼职仲裁员和专职仲裁员。

104. 劳动争议仲裁案件的双方当事人如何界定？

【法律解答】《中华人民共和国劳动争议调解仲裁法》第 22 条规定，发生劳动争议的劳动者和用人单位为劳动争议仲裁案件的双方当事人。劳务派遣单位或者用工单位与劳动者发生劳动争议的，劳务派遣单位和用工单位为共同当事人。

根据上述规定可知，在劳动争议仲裁案件中，当事人只能是发生劳动争议的劳动者和用人单位。用人单位是法人的，由其法定代表人参加劳动争议仲裁活动；用人单位是非法人组织的，由其主要负责人参加劳动争议仲裁活动。在集体合同争议仲裁案件中，当事人劳动者一方由工会作为当事人，这属特殊情形。在仲裁程序中当事人则表现为劳动争议仲裁的申请人和被申请人。申请人和被申请人可以是劳动者或者用人单位，他们都是劳动争议仲裁法律关系的主体。

105. 劳动争议仲裁时，当事人可以委托代理人参加仲裁吗？委托他人参加仲裁的，应当履行什么手续？

【法律解答】《中华人民共和国劳动争议调解仲裁法》第 24 条

规定，当事人可以委托代理人参加仲裁活动。委托他人参加仲裁活动，应当向劳动争议仲裁委员会提交有委托人签名或者盖章的委托书，委托书应当载明委托事项和权限。

仲裁代理是指根据法律规定或者当事人的委托，代理人以被代理人的名义代为参加仲裁活动。仲裁代理制度使当事人可以利用他人的能力参加仲裁，更好地通过仲裁维护自己的合法权益。

106. 劳动争议仲裁委员会收到仲裁申请后该如何处理？

【法律解答】《中华人民共和国劳动争议调解仲裁法》第29条规定，劳动争议仲裁委员会收到仲裁申请之日起五日内，认为符合受理条件的，应当受理，并通知申请人；认为不符合受理条件的，应当书面通知申请人不予受理，并说明理由。

107. 劳动争议仲裁委员会是怎么设立的？

【法律解答】《中华人民共和国劳动争议调解仲裁法》第17条规定，劳动争议仲裁委员会按照统筹规划、合理布局和适应实际需要的原则设立。省、自治区人民政府可以决定在市、县设立；直辖市人民政府可以决定在区、县设立。直辖市、设区的市也可以设立一个或者若干个劳动争议仲裁委员会。劳动争议仲裁委员会不按行政区划层层设立。

劳动争议仲裁委员会是指依法设立，由法律授权依法独立对劳动争议案件进行仲裁的专门机构。劳动争议仲裁委员会是由省级人民政府依照法律的有关规定决定设立的，其设立和组成决定了其是由法律授权、代表国家行使仲裁权的国家仲裁机构的性质。

108. 什么是劳动争议仲裁时效期间的中止？中止的法定事由有哪些？有何法律后果？

【法律解答】《中华人民共和国劳动争议调解仲裁法》第27条

第 3 款规定，因不可抗力或者有其他正当理由，当事人不能在本条第一款规定的仲裁时效期间申请仲裁的，仲裁时效中止。从中止时效的原因消除之日起，仲裁时效期间继续计算。

也就是说，仲裁时效的中止，是指在仲裁时效进行中的某一阶段，因发生法定事由致使权利人不能行使请求权，暂停计算仲裁时效，待阻碍时效进行的事由消除后，继续进行仲裁时效期间的计算。

109. 什么情况下适用劳动争议仲裁的特别时效？

【法律解答】《中华人民共和国劳动争议调解仲裁法》第 27 条第 4 款规定，劳动关系存续期间因拖欠劳动报酬发生争议的，劳动者申请仲裁不受本条第一款规定的仲裁时效期间的限制；但是，劳动关系终止的，应当自劳动关系终止之日起一年内提出。

110. 劳动争议仲裁委员会如何组成？对组成人数上有什么特别要求？

【法律解答】《中华人民共和国劳动法》第 81 条明确规定了劳动争议仲裁委员会由劳动行政部门代表、同级工会代表、用人单位方面的代表组成。

劳动争议调解仲裁法在《劳动法》的基础上，进一步规定了劳动争议仲裁委员会由劳动行政部门代表、工会代表和企业方面代表组成，此外，鉴于劳动争议仲裁委员会由三方代表组成，三方代表权利义务相同。仲裁委员会做决定时应当按照少数服从多数的原则进行，故劳动争议仲裁委员会的组成人数必须是单数。

《中华人民共和国劳动争议调解仲裁法》第 19 条第 1 款规定，劳动争议仲裁委员会由劳动行政部门代表、工会代表和企业方面代表组成。劳动争议仲裁委员会组成人员应当是单数。

111. 发生劳动争议后，具体应当向哪个劳动争议仲裁委员会提出申诉？

【法律解答】《中华人民共和国劳动争议调解仲裁法》第21条规定，劳动争议仲裁委员会负责管辖本区域内发生的劳动争议。劳动争议由劳动合同履行地或者用人单位所在地的劳动争议仲裁委员会管辖。双方当事人分别向劳动合同履行地和用人单位所在地的劳动争议仲裁委员会申请仲裁的，由劳动合同履行地的劳动争议仲裁委员会管辖。

《中华人民共和国企业劳动争议处理条例》第17条规定，县、市、市辖区仲裁委员会负责本行政区域内发生的劳动争议。设区的市的仲裁委员会和市辖区的仲裁委员会受理劳动争议案件的范围，由省、自治区人民政府规定。

第18条规定，发生劳动争议的企业与职工不在同一个仲裁委员会管辖地区的，由职工当事人工资关系所在地的仲裁委员会处理。

《中华人民共和国劳动法》第79条规定，劳动争议发生后，当事人可以向本单位劳动争议调解委员会申请调解；调解不成，当事人一方要求仲裁的，可以向劳动争议仲裁委员会申请仲裁。当事人一方也可以直接向劳动争议仲裁委员会申请仲裁。对仲裁裁决不服的，可以向人民法院提起诉讼。

《最高人民法院关于审理劳动争议案件适用法律若干问题的解释》第8条规定，劳动争议案件由用人单位所在地或者劳动合同履行地的基层人民法院管辖。

劳动合同履行地不明确的，由用人单位所在地的基层人民法院管辖。

劳动争议仲裁管辖，是指确定各个劳动争议仲裁委员会审理劳动争议案件的分工和权限，明确当事人应当到哪一个劳动争议仲裁委员会申请劳动争议仲裁，由哪一个劳动争议仲裁委员会受理的法律制度。

我国的劳动争议仲裁实行的是特殊地域管辖，不实行级别管辖或者协定管辖。特殊地域管辖是指依照当事人之间的某一个特殊的联结点确定的管辖。劳动争议调解仲裁法以劳动合同履行地和用人单位所在地作为联结点确定劳动争议仲裁管辖，因此是特殊地域管辖。同时劳动争议调解仲裁法不允许双方当事人协议选择劳动合同履行地或者用人单位所在地以外的其他劳动争议仲裁委员会进行管辖。

劳动争议的管辖还存在移送管辖情形。移送管辖即劳动争议仲裁委员会将已经受理的无管辖权的劳动争议案件移送给有管辖权的劳动争议仲裁委员会。劳动争议仲裁委员会发现受理的劳动争议案件不属于本仲裁委员会管辖时，应当移送有管辖权的劳动争议仲裁委员会。

对劳动者而言，应注意以下问题：劳动者与用人单位之间发生劳动争议的，应当按照规定向所在地的劳动争议仲裁委员会提出申诉，这里的所在地如果包括了市、区两级劳动争议仲裁委员会的，可以按照市、区两级仲裁委员会的受案范围，进行起诉。并且，在特殊情况下，对于一些发生劳动争议的企业与职工不在同一个仲裁委员会管辖地区的，且管辖区不在同一个城市的情况，出于方便职工考虑，可以要求工作地劳动争议仲裁委员会管辖。对用人单位而言，应注意以下问题：用人单位与劳动者之间发生劳动争议的，应当先行调解，调解不成的，可以按照规定向所在地的劳动争议仲裁委员会提出申诉，这里的所在地如果包括了市、区两级劳动争议仲裁委员会的，可以按照市、区两级仲裁委员会的受案范围，进行申诉。

112. 丧失或者部分丧失民事行为能力以及死亡的劳动者由谁帮其参加劳动争议仲裁？

【法律解答】《中华人民共和国劳动争议调解仲裁法》第25条规定，丧失或者部分丧失民事行为能力的劳动者，由其法定代理人代为参加仲裁活动；无法定代理人的，由劳动争议仲裁委员会为其指定代理人。劳动者死亡的，由其近亲属或者代理人参加仲裁活动。

《中华人民共和国企业劳动争议处理条例》第20条规定，无民事行为能力的和限制民事行为能力的职工或者死亡的职工，可以由其法定代理人代为参加仲裁活动；没有法定代理人的，由仲裁委员会为其指定代理人代为参加仲裁活动。

由于劳动者一般为成年人，用人单位一方多为法人或其他组织，所以对法定代理的规定主要目的是保护丧失或者部分丧失民事行为能力的劳动者的利益。因此，上述所指的法定代理人是根据法律的规定行使代理权，代理当事人参加仲裁活动的人，适用于被代理人虽为成年人但因疾病、伤害等情况丧失或者部分丧失民事行为能力的人。一般认为，在劳动争议仲裁中，丧失或者部分丧失民事行为能力的劳动者的监护人是他的法定代理人。实践中，最常见的法定仲裁代理人主要有父母、配偶、成年的兄、姐等。

法定代理是法律为保护被代理人合法权益而设立的一项法律制度。法定代理人没有充分理由，不得拒绝代理。在仲裁程序中，法定代理人的代理权一般因下列情形之一而消灭：（1）被代理人恢复了行为能力；（2）被代理人死亡；（3）法定代理人死亡或者丧失行为能力；（4）法定代理人失去对被代理人的亲权或者监护权。

113. 当事人由于非因工死亡抚恤待遇问题发生争议，该争议是否属于劳动仲裁范围？

【法律解答】《中华人民共和国劳动争议调解仲裁法》第2条规定，中华人民共和国境内的用人单位与劳动者发生的下列劳动争议，适用本法：

（一）因确认劳动关系发生的争议；

（二）因订立、履行、变更、解除和终止劳动合同发生的争议；

（三）因除名、辞退和辞职、离职发生的争议；

（四）因工作时间、休息休假、社会保险、福利、培训以及劳动保护发生的争议；

（五）因劳动报酬、工伤医疗费、经济补偿或者赔偿金等发生的争议；

（六）法律、法规规定的其他劳动争议。

劳动者与用人单位建立劳动关系后，劳动者非因工死亡，当事人因死亡抚恤待遇问题发生争议，该争议属于劳动争议仲裁委员会受理案件范围，劳动争议仲裁委员会应当受理。对劳动者而言，应注意以下问题：劳动者与用人单位在劳动关系存续期间，发生劳动者死亡的，劳动者家属首先应要求进行工伤认定，如果经有关部门认定为非因工死亡，劳动者家属应当和用人单位之间就劳动者死亡抚恤待遇问题进行协商，协商不成发生争议的，可以向当地劳动争议仲裁委员会申请仲裁解决。对用人单位而言，应注意以下问题：劳动者与用人单位在劳动关系存续期间，发生劳动者死亡情况的，应当根据规定进行工伤认定，如果经有关部门认定为非因工死亡，用人单位可以和劳动者家属之间就劳动者死亡抚恤待遇问题进行协商，协商不成发生争议的，可以按照劳动争议向当地劳动争议仲裁委员会申请仲裁解决。

114. 对于劳动保障行政管理部门出具的《工伤认定书》不服，有什么救济途径？

【法律解答】《中华人民共和国劳动法》第73条规定，劳动者在下列情形下，依法享受社会保险待遇：（一）退休；（二）患病、负伤；（三）因工伤残或者患职业病；（四）失业；（五）生育。劳动者死亡后，其遗属依法享受遗属津贴。劳动者享受社会保险待遇的条件和标准由法律、法规规定。劳动者享受的社会保险金必须按时足额支付。

《工伤保险条例》第53条规定，有下列情形之一的，有关单位和个人可以依法申请行政复议；对复议决定不服的，可以依法提起行政诉讼：

（一）申请工伤认定的职工或者其直系亲属、该职工所在单位对工伤认定结论不服的；

（二）用人单位对经办机构确定的单位缴费费率不服的；

（三）签订服务协议的医疗机构、辅助器具配置机构认为经办机构未履行有关协议或者规定的；

（四）工伤职工或者其直系亲属对经办机构核定的工伤保险待遇有异议的。

劳动者或者用人单位对于劳动保障行政管理部门出具的《工伤认定书》不服的，可以申请复议、向人民法院起诉，要求重新进行认定。对劳动者而言，应注意以下问题：劳动者如果遭遇工伤事故或者职业病伤害的，应当做好相应的材料搜集工作，主要包括：与用人单位存在劳动关系（包括事实劳动关系）的证明材料；医疗诊断证明或者职业病诊断证明书（或者职业病诊断鉴定书）以及事故发生的时间、地点、原因以及职工伤害程度等基本情况。并督促用人单位按照规定，向劳动保障行政管理部门申请工伤认定，或者在用人单位拒绝申请时，自行申请。对其认定不服的，可以行政复议、向人民法院起诉。对用人单位而言，应注意以下问题：用人单位在劳动者遭遇工伤事故或者职业病时，应当按照规定向劳动保障行政管理部门申请工伤认定，而不应故意拖延或者拒绝申请，也不应随意与劳动者进行私了。如果对劳动保障行政管理部门的工伤认定不服的，可以行政复议、提起诉讼。

115. 劳动场所未能达到法定标准，劳动者是否可以提出劳动仲裁申诉？

【法律解答】《中华人民共和国劳动法》第 3 条规定，劳动者享有平等就业和选择职业的权利、取得劳动报酬的权利、休息休假的权利、获得劳动安全卫生保护的权利、接受职业技能培训的权利、享受社会保险和福利的权利、提请劳动争议处理的权利以及法律规定的其他劳动权利。劳动者应当完成劳动任务，提高职业技能，执行劳动安全卫生规程，遵守劳动纪律和职业道德。

第 52 条规定，用人单位必须建立、健全劳动安全卫生制度，严格执行国家劳动安全卫生规程和标准，对劳动者进行劳动安全卫生教育，防止劳动过程中的事故，减少职业危害。

第 53 条规定，劳动安全卫生设施必须符合国家规定的标准。新建、改建、扩建工程的劳动安全卫生设施必须与主体工程同时设计、同时施工、同时投入生产和使用。

第 54 条规定，用人单位必须为劳动者提供符合国家规定的劳动安全卫生条件和必要的劳动防护用品，对从事有职业危害作业的劳动者应当定期进行健康检查。

第 56 条规定，劳动者在劳动过程中必须严格遵守安全操作规程。劳动者对用人单位管理人员违章指挥、强令冒险作业，有权拒绝执行；对危害生命安全和身体健康的行为，有权提出批评、检举和控告。

《劳动争议调解仲裁法》第 2 条规定，中华人民共和国境内的用人单位与劳动者发生的下列劳动争议，适用本法：

（一）因确认劳动关系发生的争议；

（二）因订立、履行、变更、解除和终止劳动合同发生的争议；

（三）因除名、辞退和辞职、离职发生的争议；

（四）因工作时间、休息休假、社会保险、福利、培训以及劳动保护发生的争议；

（五）因劳动报酬、工伤医疗费、经济补偿或者赔偿金等发生的争议；

（六）法律、法规规定的其他劳动争议。

用人单位提供的劳动场所未能达到法定劳动安全卫生防护标准，劳动者可以向当地劳动争议仲裁委员会提出申诉，劳动争议仲裁委员会有权予以解决。对劳动者而言，应注意以下问题：劳动者在劳动过程中，对于用人单位违反国家有关规定，未能提供劳动卫生安全设施的，应当及时向用人单位提出，要求解决。如果用人单位推诿，劳动者可以向当地劳动保障行政管理部门举报或者向当地劳动争议仲裁委员会提出申诉，要求改善劳动条件。对用人单位而言，应注意以下问题：用人单位应当按照国家的有关规定，为劳动者提供符合标准的劳动安全卫生设施，尤其在新建、改建、扩建工程时，要遵守国家的"三同时"规定，即劳动安全卫生设施与主体工程同时设计、同时施工、同时投入生产后使用，切实维护劳动者的权益。否则，一旦由于用人单位违反规定造成劳动者身心健康受到损害，则要承担相应的赔偿责任。

116. 因公受伤后与用人单位达成赔偿协议，几年后能否再申请工伤认定？

【法律解答】按照《工伤保险条例》第 17 条的规定，劳动者几年前因公受伤后与用人单位达成赔偿协议，申请时效已过，不能再申请工伤认定，劳动保障行政管理部门一般不予受理。

《劳动保障监察条例》第 20 条规定，违反劳动保障法律、法规或者规章的行为在 2 年内未被劳动保障行政部门发现，也未被举报、投诉的，劳动保障行政部门不再查处。

前款规定的期限，自违反劳动保障法律、法规或者规章的行为发生之日起计算；违反劳动保障法律、法规或者规章的行为有连续或者继续状态的，自行为终了之日起计算。

对劳动者而言，应注意以下问题：劳动者如果遭遇工伤事故或者职业病伤害的，应当做好相应的材料搜集工作，主要包括：与用人单位存在劳动关系（包括事实劳动关系）的证明材料；医疗诊断证明或者职业病诊断证明书（或者职业病诊断鉴定书）以及事故发生的时间、地点、原因以及职工伤害程度等基本情况。并督促用人单位按照规定，在事故发生后的 30 日内，向劳动保障行政管理部门申请工伤认定。如果用人单位拒绝工伤认定申请的，劳动者或者其直系亲属可以在工伤事故发生的 1 年之内自行申请。对其认定不服的，可以行政复议、向人民法院起诉。不应当为了图省事和用人单位私了，如果因为私了耽误了工伤认定，只能自己承受以后可能遇到的伤情、病情的反复或者变化。对用人单位而言，应注意以下问题：用人单位在劳动者遭遇工伤事故或者职业病时，应当按照规定的时间向劳动保障行政管理部门申请工伤认定，而不应故意拖延或者拒绝申请，也不应随意与劳动者进行私了。即使用人单位和劳动者私下达成补偿协议，但用人单位的法律责任并不因达成补偿协议而绝对消灭。

117. 受劳务派遣进入用工单位，双方发生争议是否属于劳动争议？如果选择仲裁，申诉对象是用工单位还是劳务派遣机构？

【法律解答】根据《中华人民共和国劳动争议调解仲裁法》第22条的规定，发生劳动争议的劳动者和用人单位为劳动争议仲裁案件的双方当事人。劳务派遣单位或者用工单位与劳动者发生劳动争议的，劳务派遣单位和用工单位为共同当事人。

劳动者经过劳务派遣被派到实际用工单位，被派遣单位与劳动者之间并不存在劳动关系，而属于劳务关系，双方可以就具体的权利义务进行约定，也可以签订合同，但是该合同不属于劳动合同，而是劳务合同。在通过劳务派遣输入劳动者时，首先需要与劳务派遣机构约定好权利义务，同时，在管理上要与派遣机构密切配合，通过劳务派遣机构向所雇佣劳动者发放工资、缴纳社会保险。

118. 发生劳动争议时，试用期协议书是否属于劳动合同？

【法律解答】《中华人民共和国劳动法》第16条规定，劳动合同是劳动者与用人单位确立劳动关系、明确双方权利和义务的协议。建立劳动关系应当订立劳动合同。

第19条规定，劳动合同应当以书面形式订立，并具备以下条款：（一）劳动合同期限；（二）工作内容；（三）劳动保护和劳动条件；（四）劳动报酬；（五）劳动纪律；（六）劳动合同终止的条件；（七）违反劳动合同的责任。劳动合同除前款规定的必备条款外，当事人可以协商约定其他内容。

第 25 条规定，劳动者有下列情形之一的，用人单位可以解除劳动合同：（一）在试用期间被证明不符合录用条件的；……

《中华人民共和国劳动合同法》第 19 条规定，劳动合同期限三个月以上不满一年的，试用期不得超过一个月；劳动合同期限一年以上不满三年的，试用期不得超过二个月；三年以上固定期限和无固定期限的劳动合同，试用期不得超过六个月。

同一用人单位与同一劳动者只能约定一次试用期。

以完成一定工作任务为期限的劳动合同或者劳动合同期限不满三个月的，不得约定试用期。

试用期包含在劳动合同期限内。劳动合同仅约定试用期的，试用期不成立，该期限为劳动合同期限。

劳动合同是约定劳动者与用人单位之间的劳动权利义务的书面协议。无论其名称如何，都属于劳动合同，受劳动法的规范。劳动合同中可以约定试用期，也可以不设定试用期。对于企业签订试用期合同的行为，劳动者应该争取签订正式的劳动合同，而不是仅仅签订所谓的试用期合同，这种形式实际是企业规避劳动法的一种行为。确认劳动关系，确认劳动合同双方的权利义务不以合同的名称不同而有区别，而是看所签合同是否符合劳动法的相关规定。因此，对于企业而言，招用劳动者可以在合同中约定试用期，试用期内认为不合格的可以随时辞退，利用试用期合同的形式确定试用期满后再签劳动合同的行为，实际是掩耳盗铃的做法，毫无用处。

119. 发生劳动争议时，劳动者是否可以直接向被吊销企业的股东提出劳动仲裁申诉？

【法律解答】《中华人民共和国企业法人登记管理条例》第 33 条规定，企业法人被吊销《企业法人营业执照》，登记主管机关应当收缴其公章，并将注销登记情况告知其开户银行，其债权债务由主管部门或者清算组织负责清理。

最高人民法院《关于贯彻执行〈中华人民共和国民法通则〉若干问题的意见》第 59 条规定，企业法人解散或者被撤销的，应当由其主管机关组织清算小组进行清算。

最高人民法院《关于企业开办的其他企业被撤销或者歇业后民事责任承担问题的批复》中规定，企业开办的企业被撤销、歇业或者依照《中华人民共和国企业法人登记管理条例》第二十二条规定视同歇业后，其债务承担问题应根据以下不同情况分别处理：企业开办的企业领取了《企业法人营业执照》并在实际上具备企业法人条件的，应当以其经营管理或者所有的财产独立承担民事责任；企业开办的企业虽然领取了《企业法人营业执照》，因其实际没有投入自有资金，或投入的自有资金达不到规定数额，以及不具备企业法人其他条件的，应当认定其不具备法人资格，其民事责任由开办该企业的企业法人承担。根据上述规定精神，企业在被吊销营业执照、解散、撤销或歇业后，应当由其主管部门或开办单位或依法成立的清算组织作为被诉人参加仲裁活动。

《最高人民法院关于审理劳动争议案件适用法律若干问题的解释》第 2 条规定，劳动争议仲裁委员会以当事人申请仲裁的事项不属于劳动争议为由，作出不予受理的书面裁决、决定或者通知，当事人不服，依法向人民法院起诉的，人民法院应当分别情况予以处理：（一）属于劳动争议案件的，应当受理；（二）虽不属于劳动争议案件，但属于人民法院主管的其他案件，应当依法受理。

120. 发生劳动争议，经协商双方达成补偿协议后，劳动者能否反悔？

【法律解答】《劳动争议调解仲裁法》第 4 条规定，发生劳动争议，劳动者可以与用人单位协商，也可以请工会或者第三方共同与用人单位协商，达成和解协议。

第 5 条规定，发生劳动争议，当事人不愿协商、协商不成或者达成和解协议后不履行的，可以向调解组织申请调解；不愿调解、调解不成或者达成调解协议后不履行的，可以向劳动争议仲裁委员会申请仲裁；对仲裁裁决不服的，除本法另有规定的外，可以向人民法院提起诉讼。

第 49 条规定，用人单位有证据证明本法第四十七条规定的仲裁裁决有下列情形之一，可以自收到仲裁裁决书之日起三十日内向劳动争议仲裁委员会所在地的中级人民法院申请撤销裁决：

（一）适用法律、法规确有错误的；

（二）劳动争议仲裁委员会无管辖权的；

（三）违反法定程序的；

（四）裁决所根据的证据是伪造的；

（五）对方当事人隐瞒了足以影响公正裁决的证据的；

（六）仲裁员在仲裁该案时有索贿受贿、徇私舞弊、枉法裁决行为的。

人民法院经组成合议庭审查核实裁决有前款规定情形之一的，应当裁定撤销。

仲裁裁决被人民法院裁定撤销的，当事人可以自收到裁定书之日起十五日内就该劳动争议事项向人民法院提起诉讼。

121. 没有签订劳动合同，发生劳动争议时劳动仲裁委员会应否受理？

【法律解答】《中华人民共和国劳动法》第 16 条规定，劳动合同是劳动者与用人单位确立劳动关系、明确双方权利和义务的协议。建立劳动关系应当订立劳动合同。

《关于贯彻执行〈中华人民共和国劳动法〉若干问题的意见》第 82 条规定，用人单位与劳动者发生劳动争议不论是否订立劳动合同，只要存在事实劳动关系，并符合劳动法的适用范围和《中华人民共和国企业劳动争议处理条例》的受案范围，劳动争议仲裁委员会均应受理。

《中华人民共和国企业劳动争议处理条例》第 2 条规定，本条例适用于中华人民共和国境内的企业与职工之间的下列劳动争议：（一）因企业开除、除名、辞退职工和职工辞职、自动离职发生的争议；（二）因执行国家有关工资、保险、福利、培训、劳动保护的规定发生的争议；（三）因履行劳动合同发生的争议；（四）法律、法规规定应当依照本条例处理的其他劳动争议。

　　企业与劳动者没有签订劳动合同，当双方发生劳动争议时，任何一方均可向当地劳动仲裁委员会提出申诉，当地的劳动仲裁委员会应当受理，并依法作出裁决。对劳动者而言，应注意以下问题：无论通过何种途径进入企业工作，一定要主动向企业提出签订劳动合同的要求；如果该请求遭到拒绝，一般有两种选择方式：其一可向当地劳动监察部门举报，但该方式可能会导致劳动者与企业发生尖锐矛盾，为避免因此而遭到企业辞退等不利后果，劳动者可采用第二种方式，即保存好在该单位就职时相应的证据，例如工资单、工作证、出入证等，以此作为双方存在劳动关系的证据。如果企业同意雇佣职工，就应签订劳动合同，以规范双方的劳动权利和义务。此时企业为避免承担过多的负担，可以要求和劳动者签订短期的劳动合同，例如一年期的劳动合同；但如果仅仅因为嫌麻烦等原因不与劳动者签订合同，那么不但违反了劳动法律，受到劳动监察部门的行政处罚，而且，也不能避免其应当承担的法律义务。

劳动争议

诉讼

122. 劳动争议诉讼的不予以受理范围包括哪些？

【法律解答】《中华人民共和国劳动争议调解仲裁法》第29条规定，劳动争议仲裁委员会收到仲裁申请之日起五日内，认为符合受理条件的，应当受理，并通知申请人；认为不符合受理条件的，应当书面通知申请人不予受理，并说明理由。对劳动争议仲裁委员会不予受理或者逾期未作出决定的，申请人可以就该劳动争议事项向人民法院提起诉讼。

以下情况人民法院不予受理：

（1）违反规定，当事人向人民法院提起的劳动争议未经劳动争议仲裁这一必经的、强制性的劳动争议处理程序，人民法院不予受理。

（2）当事人向人民法院提起劳动争议诉讼，超过了15天的法定期间规定的，人民法院不予受理。

除一裁终局外，当事人不服劳动争议仲裁委员会的仲裁，应当在自收到仲裁裁决之日起15日内向人民法院提起诉讼。因当事人原因在规定的15日内未提起诉讼，仲裁裁定已生效，对诉讼请求人的诉讼请求，人民法院不予受理。

（3）诉讼请求人提起的劳动争议诉讼，不属于该受诉法院管辖，人民法院不予受理。

劳动争议诉讼案件的管辖，一般应当由发生劳动争议的县、市辖区的人民法院管辖，当事人的劳动争议诉讼请求超越了受诉法院的管辖范围，受诉的人民法院不予受理。

（4）当事人的诉讼请求不符合提起诉讼的条件，人民法院不予受理。

一方当事人坚持提起诉讼，而另一方当事人申请执行已生效的仲裁裁定，人民法院在审查一方当事人的诉讼是否符合条件的同时，审查另一方当事人的执行申请，对不符合诉讼条件的，人民法院在不予受理的同时，予以强制执行。

当事人在提起劳动争议诉讼时，必须要符合：1. 已经劳动争议仲裁委员会仲裁；2. 在规定的 15 日期限之内；3. 必须是受诉法院管辖的范围；4. 符合起诉条件，否则，当事人的合法权益难以得到法律的保护。

123. 在发生劳动争议后，当事人可以直接向法院起诉吗？

【法律解答】《中华人民共和国劳动法》第 79 条规定，劳动争议发生后，当事人可以向本单位劳动争议调解委员会申请调解；调解不成，当事人一方要求仲裁的，可以向劳动争议仲裁委员会申请仲裁。当事人一方也可以直接向劳动争议仲裁委员会申请仲裁。对仲裁裁决不服的，可以向人民法院提起诉讼。

《劳动争议调解仲裁法》第 5 条规定，发生劳动争议，当事人不愿协商、协商不成或者达成和解协议后不履行的，可以向调解组织申请调解；不愿调解、调解不成或者达成调解协议后不履行的，可以向劳动争议仲裁委员会申请仲裁；对仲裁裁决不服的，除本法另有规定的外，可以向人民法院提起诉讼。

124. 提起劳动争议诉讼的条件包括哪些？哪些用人单位与劳动者发生纠纷可以向人民法院起诉？

【法律解答】根据《中华人民共和国劳动争议调解仲裁法》第 5 条的有关规定，发生劳动争议，当事人不愿协商、协商不成或者达成和解协议后不履行的，可以向调解组织申请调解；不愿调解、调解不成或者达成调解协议后不履行的，可以向劳动争议仲裁委员会申请仲裁；对仲裁裁决不服的，除本法另有规定的外，可以向人民法院提起诉讼。

《最高人民法院关于审理劳动争议案件适用法律若干问题的解释》第 1 条规定，劳动者与用人单位之间发生的下列纠纷，属于《劳动法》第二条规定的劳动争议，当事人不服劳动争议仲裁委员会作出的裁决，依法向人民法院起诉的，人民法院应当受理：

（一）劳动者与用人单位在履行劳动合同过程中发生的纠纷；

（二）劳动者与用人单位之间没有订立书面劳动合同，但已形成劳动关系后发生的纠纷；

（三）劳动者退休后，与尚未参加社会保险统筹的原用人单位因追索养老金、医疗费、工伤保险待遇和其他社会保险费而发生的纠纷。

作为解决劳动争议的方式，当事人提起劳动争议诉讼必须具备以下几个条件：

（1）起诉人必须是当事人。当事人因故不能起诉的，可以委托代理人代行起诉。

（2）除另有规定外，必须经过劳动争议仲裁机关裁决后，当事人不服该仲裁裁决的。当事人一方或者双方不能就劳动争议直接向人民法院提起诉讼，只能在先向仲裁机关申请仲裁不服后，才有权起诉；如果当事人就劳动争议问题在仲裁机关的主持下，达成了调解协议且协议已经生效，则当事人无权再向人民法院起诉。

（3）必须有明确的被告。必须明确对方当事人是谁，是谁侵犯了自己的合法权益。但是，仲裁委员会和劳动行政部门不得作为劳动争议案件的被告和第三人。

（4）必须有具体的诉讼请求，即必须提出要求解决什么问题。包括：请求人民法院认定原告的请求权，责令对方履行义务，给付工资、劳动保险费等；请求人民法院确认原告与被告之间存在或者不存在某种实体上的法律关系，如确认劳动合同关系有效无效，确认职工与企业存在劳动关系，企业不得开除、除名、辞退；请求人民法院改变或者消灭当事人之间原有的劳动法律关系，如改变劳动合同的内容，解除劳动合同或者劳动关系等。

（5）必须有事实依据。提出的诉讼请求，要有诉讼根据，包括劳动纠纷的案情事实，即劳动纠纷是如何发生的，纠纷的内容等，还包括劳动纠纷的证据材料。

（6）必须在法律规定的期限内提起诉讼，即当事人对仲裁裁决不服的，应当自收到仲裁裁决之日起 15 日内向人民法院起诉，超过期限起诉的，一般不予受理。如果由于不可抗力等原因造成逾期，则应向人民法院提供有关证据，予以说明。

125. 发生争议的劳动者推举代表人参加诉讼活动应遵循哪些规定？

【法律解答】《中华人民共和国民事诉讼法》第 54 条规定，当事人一方人数众多的共同诉讼，可以由当事人推选代表人进行诉讼。代表人的诉讼行为对其所代表的当事人发生效力，但代表人变更、放弃诉讼请求或者承认对方当事人的诉讼请求，进行和解，必须经被代表的当事人同意。

《中华人民共和国劳动争议调解仲裁法》第 3 条规定，解决劳动争议，应当根据事实，遵循合法、公正、及时、着重调解的原则，依法保护当事人的合法权益。

代表人产生的方式是指当事人一方人数众多在起诉时确定的，可以由全体当事人推选共同的代表人，也可以由部分当事人推选自己的代表人；推选不出代表人的当事人，在必要的共同诉讼中可由自己参加诉讼，在普通的共同诉讼中可以另行起诉。另外，诉讼代表人的人数为 2 至 5 人，每位代表人可以委托 1 至 2 人作为诉讼代理人。

126. 劳动争议仲裁时，仲裁裁决被人民法院撤销后，当事人能否起诉？

【法律解答】《中华人民共和国劳动争议调解仲裁法》第 49 条第 3 款规定，仲裁裁决被人民法院裁定撤销的，当事人可以自收到裁定书之日起十五日内就该劳动争议事项向人民法院提起诉讼。

127. 劳动争议仲裁时没有提出的诉讼请求，当事人在起诉时还可以向人民法院提出吗？

【法律解答】《最高人民法院关于审理劳动争议案件适用法律若干问题的解释》第 6 条的规定，人民法院受理劳动争议案件后，当事人可以增加新的诉讼请求。如果新增加的诉讼请求与讼争的劳动争议具有不可分性，应当合并审理；如果新增加的诉讼请求属于独立的劳动争议，则人民法院应当告知当事人向劳动争议仲裁委员会申请仲裁。

128. 发生劳动争议时，没有签订劳动合同的劳动者可以向人民法院起诉吗？

【法律解答】《最高人民法院关于审理劳动争议案件适用法律若干问题的解释》第 1 条规定，劳动者与用人单位之间发生的下列纠纷，属于《中华人民共和国劳动法》第 2 条规定的劳动争议，当事人不服劳动争议仲裁委员会作出的裁决，依法向人民法院起诉的，人民法院应当受理：（一）劳动者与用人单位在履行劳动合同过程中发生的纠纷；（二）劳动者与用人单位之间没有订立书面劳动合同，但已形成劳动关系后发生的纠纷；（三）劳动者退休后，与尚未参加社会保险统筹的原用人单位因追索养老金、医疗费、工伤保险待遇和其他社会保险费而发生的纠纷。

因此，没有与用人单位之间订立书面劳动合同但已形成事实劳动关系的劳动者可以就双方的劳动争议向人民法院提起诉讼。

129. 发生劳动争议时，劳动争议仲裁委员会以当事人的仲裁申请超过法定期限为由不予受理的案件还可以向人民法院起诉吗？

【法律解答】根据《最高人民法院关于审理劳动争议案件适用法律若干问题的解释》第 3 条的规定，劳动争议仲裁委员会根据

《中华人民共和国劳动法》第82条之规定，以当事人的仲裁申请超过法定期限为由，作出不予受理的书面裁决、决定或者通知，当事人不服，依法向人民法院起诉的，人民法院应当受理。但人民法院经过审查，对确已超过仲裁申请期限，又无不可抗力或者其他正当理由的起诉，将会依法驳回申请人的诉讼请求。

另外，劳动争议仲裁委员会以申请仲裁的主体不适格为由，作出不予受理的书面裁决、决定或者通知，当事人不服，依法向人民法院起诉的，人民法院也应当受理。但经审查，确属主体不适格的，人民法院将裁定不予受理或者驳回起诉。

130. 发生劳动争议时，原用人单位被合并后当事人起诉时应当以谁为被告？

【法律解答】根据《最高人民法院关于审理劳动争议案件适用法律若干问题的解释》，发生劳动争议之后向法院起诉时，应当按照以下原则确定诉讼的当事人：

一、用人单位与其他单位合并的，合并前发生的劳动争议，由合并后的单位为当事人；用人单位分立为若干单位的，其分立前发生的劳动争议，由分立后的实际用人单位为当事人。用人单位分立为若干单位后，对承受劳动权利义务的单位不明确的，分立后的单位均为当事人。

二、用人单位招用尚未解除劳动合同的劳动者，原用人单位与劳动者发生的劳动争议，可以列新的用人单位为第三人。原用人单位以新的用人单位侵权为由向人民法院起诉的，可以列劳动者为第三人。原用人单位以新的用人单位和劳动者共同侵权为由向人民法院起诉的，新的用人单位和劳动者列为共同被告。

三、劳动者在用人单位与其他平等主体之间的承包经营期间，与发包方和承包方双方或者一方发生劳动争议，依法向人民法院起诉的，应当将承包方和发包方作为当事人。

131. 劳动者不服劳动仲裁裁决，向人民法院提起诉讼后又撤诉的，能否再次起诉？

【法律解答】《中华人民共和国劳动法》第 79 条规定，劳动争议发生后，当事人可以向本单位劳动争议调解委员会申请调解；调解不成，当事人一方要求仲裁的，可以向劳动争议仲裁委员会申请仲裁。当事人一方也可以直接向劳动争议仲裁委员会申请仲裁。对仲裁裁决不服的，可以向人民法院提起诉讼。

第 83 条规定，劳动争议当事人对仲裁裁决不服的，可以自收到仲裁裁决书之日起十五日内向人民法院提起诉讼。一方当事人在法定期限内不起诉又不履行仲裁裁决的，另一方当事人可以申请人民法院强制执行。

《中华人民共和国企业劳动争议处理条例》第 6 条规定，劳动争议发生后，当事人应当协商解决；不愿协商或者协商不成的，可以向本企业劳动争议调解委员会申请调解；调解不成的，可以向劳动争议仲裁委员会申请仲裁。当事人也可以直接向劳动争议仲裁委员会申请仲裁。对仲裁裁决不服的，可以向人民法院起诉。

《最高人民法院关于审理劳动争议案件适用法律若干问题的解释》第 1 条规定，劳动者与用人单位之间发生的下列纠纷，属于《劳动法》第二条规定的劳动争议，当事人不服劳动争议仲裁委员会作出的裁决，依法向人民法院起诉的，人民法院应当受理：（一）劳动者与用人单位在履行劳动合同过程中发生的纠纷；（二）劳动者与用人单位之间没有订立书面劳动合同，但已形成劳动关系后发生的纠纷；（三）劳动者退休后，与尚未参加社会保险统筹的原用人单位因追索养老金、医疗费、工伤保险待遇和其他社会保险费而发生的纠纷。

《最高人民法院关于人民法院对经劳动争议仲裁裁决的纠纷准予撤诉或驳回起诉后劳动争议仲裁裁决从何时起生效的解释》第 1 条规定，当事人不服劳动争议仲裁裁决向人民法院起诉后又申请撤诉，经人民法院审查准予撤诉的，原仲裁裁决自人民法院裁定送达当事人之日起发生法律效力。

　　劳动者不服当地劳动争议仲裁委员会仲裁裁决，向人民法院提起诉讼后又撤诉的，劳动争议仲裁委员会仲裁裁决发生法律效力后，不能再次起诉。

常用核心法规

法规 CHANG YONG HE XIN FA GUI

FA GUI

中华人民共和国劳动争议调解仲裁法

（2007 年 12 月 29 日第十届全国人民代表大会常务
委员会第三十一次会议通过　2007 年 12 月 29 日中华人民
共和国主席令第八十号公布　自 2008 年 5 月 1 日起施行）

重点提示

第一章　总　　则

第一条　为了公正及时解决劳动争议，保护当事人合法权益，促进劳动关系和谐稳定，制定本法。

第二条　中华人民共和国境内的用人单位与劳动者发生的下列劳动争议，适用本法：

（一）因确认劳动关系发生的争议；

（二）因订立、履行、变更、解除和终止劳动合同发生的争议；

（三）因除名、辞退和辞职、离职发生的争议；

（四）因工作时间、休息休假、社会保险、福利、培训以及劳动保护发生的争议；

（五）因劳动报酬、工伤医疗费、经济补偿或者赔偿金等发生的争议；

（六）法律、法规规定的其他劳动争议。

第三条 解决劳动争议，应当根据事实，遵循合法、公正、及时、着重调解的原则，依法保护当事人的合法权益。

第四条 发生劳动争议，劳动者可以与用人单位协商，也可以请工会或者第三方共同与用人单位协商，达成和解协议。

第五条 发生劳动争议，当事人不愿协商、协商不成或者达成和解协议后不履行的，可以向调解组织申请调解；不愿调解、调解不成或者达成调解协议后不履行的，可以向劳动争议仲裁委员会申请仲裁；对仲裁结果不服的，除本法另有规定的外，可以向人民法院提起诉讼。

第六条 发生劳动争议，当事人对自己提出的主张，有责任提供证据。与争议事项有关的证据属于用人单位掌握管理的，用人单位应当提供；用人单位不提供的，应当承担不利后果。

第七条 发生劳动争议的劳动者一方在十人以上，并有共同请求的，可以推举代表参加调解、仲裁或者诉讼活动。

第八条 县级以上人民政府劳动行政部门会同工会和企业方面代表建立协调劳动关系三方机制，共同研究解决劳动争议的重大问题。

第九条 用人单位违反国家规定，拖欠或者未足额支付劳动报酬，或者拖欠工伤医疗费、经济补偿或者赔偿金的，劳动者可以向劳动行政部门投诉，劳动行政部门应当依法处理。

第二章 调　　解

第十条 发生劳动争议，当事人可以到下列调解组织申请调解：

（一）企业劳动争议调解委员会；

（二）依法设立的基层人民调解组织；

（三）在乡镇、街道设立的具有劳动争议调解职能的组织。

企业劳动争议调解委员会由职工代表和企业代表组成。职工代表由工会成员担任或者由全体职工推举产生，企业代表由企业负责人指定。企业劳动争议调解委员会主任由工会成员或者双方推举的人员担任。

第十一条 劳动争议调解组织的调解员应当由公道正派、联系群众、热心调解工作，并具有一定法律知识、政策水平和文化水平的成年公民担任。

第十二条 当事人申请劳动争议调解可以书面申请，也可以口头申请。口头申请的，调解组织应当当场记录申请人基本案情、申请调解的争议事项、理由和时间。

第十三条 调解劳动争议，应当充分听取双方当事人对事实和理由的陈述，耐心疏导，帮助其达成协议。

第十四条 经调解达成协议的，应当制作调解协议书。

调解协议书由双方当事人签名或者盖章，经调解员签名并加盖调解组织印章后生效，对双方当事人具有约束力，当事人应当履行。

自劳动争议调解组织收到调解申请之日起十五日内未达成调解协议的，当事人可以依法申请仲裁。

第十五条 达成调解协议后，一方当事人在协议约定期限内不履行调解协议的，另一方当事人可以依法申请仲裁。

第十六条 因支付拖欠劳动报酬、工伤医疗费、经济补偿或者赔偿金事项达成调解协议，用人单位在协议约定期限内不履行的，劳动者可以持调解协议书依法向人民法院申请支付令。人民法院应当依法发出支付令。

第三章 仲 裁

第一节 一般规定

第十七条 劳动争议仲裁委员会按照统筹规划、合理布局和适应实际需要的原则设立。省、自治区人民政府可以决定在市、县设立；直辖市人民政府可以决定在区、县设立。直辖市、设区的市也可以设立一个或者若干个劳动争议仲裁委员会。劳动争议仲裁委员会不按行政区划层层设立。

第十八条 国务院劳动行政部门依照本法有关规定制定仲裁规则。省、自治区、直辖市人民政府劳动行政部门对本行政区域的劳动争议仲裁工作进行指导。

第十九条 劳动争议仲裁委员会由劳动行政部门代表、工会代表和企业方面代表组成。劳动争议仲裁委员会组成人员应当是单数。

劳动争议仲裁委员会依法履行下列职责：

（一）聘任、解聘专职或者兼职仲裁员；

（二）受理劳动争议案件；

（三）讨论重大或者疑难的劳动争议案件；

（四）对仲裁活动进行监督。

劳动争议仲裁委员会下设办事机构，负责办理劳动争议仲裁委员会的日常工作。

第二十条 劳动争议仲裁委员会应当设仲裁员名册。

仲裁员应当公道正派并符合下列条件之一：

（一）曾任审判员的；

（二）从事法律研究、教学工作并具有中级以上职称的；

（三）具有法律知识、从事人力资源管理或者工会等专业工作满五年的；

（四）律师执业满三年的。

第二十一条 劳动争议仲裁委员会负责管辖本区域内发生的劳动争议。

劳动争议由劳动合同履行地或者用人单位所在地的劳动争议仲裁委员会管辖。双方当事人分别向劳动合同履行地和用人单位所在地的劳动争议仲裁委员会申请仲裁的，由劳动合同履行地的劳动争议仲裁委员会管辖。

第二十二条 发生劳动争议的劳动者和用人单位为劳动争议仲裁案件的双方当事人。

劳务派遣单位或者用工单位与劳动者发生劳动争议的，劳务派遣单位和用工单位为共同当事人。

第二十三条 与劳动争议案件的处理结果有利害关系的第三人，

可以申请参加仲裁活动或者由劳动争议仲裁委员会通知其参加仲裁活动。

第二十四条　当事人可以委托代理人参加仲裁活动。委托他人参加仲裁活动，应当向劳动争议仲裁委员会提交有委托人签名或者盖章的委托书，委托书应当载明委托事项和权限。

第二十五条　丧失或者部分丧失民事行为能力的劳动者，由其法定代理人代为参加仲裁活动；无法定代理人的，由劳动争议仲裁委员会为其指定代理人。劳动者死亡的，由其近亲属或者代理人参加仲裁活动。

第二十六条　劳动争议仲裁公开进行，但当事人协议不公开进行或者涉及国家秘密、商业秘密和个人隐私的除外。

第二节　申请和受理

第二十七条　劳动争议申请仲裁的时效期间为一年。仲裁时效期间从当事人知道或者应当知道其权利被侵害之日起计算。

前款规定的仲裁时效，因当事人一方向对方当事人主张权利，或者向有关部门请求权利救济，或者对方当事人同意履行义务而中断。从中断时起，仲裁时效期间重新计算。

因不可抗力或者有其他正当理由，当事人不能在本条第一款规定的仲裁时效期间申请仲裁的，仲裁时效中止。从中止时效的原因消除之日起，仲裁时效期间继续计算。

劳动关系存续期间因拖欠劳动报酬发生争议的，劳动者申请仲裁不受本条第一款规定的仲裁时效期间的限制；但是，劳动关系终止的，应当自劳动关系终止之日起一年内提出。

第二十八条　申请人申请仲裁应当提交书面仲裁申请，并按照被申请人人数提交副本。

仲裁申请书应当载明下列事项：

（一）劳动者的姓名、性别、年龄、职业、工作单位和住所，用人单位的名称、住所和法定代表人或者主要负责人的姓名、职务；

（二）仲裁请求和所根据的事实、理由；

（三）证据和证据来源、证人姓名和住所。

书写仲裁申请确有困难的，可以口头申请，由劳动争议仲裁委员会记入笔录，并告知对方当事人。

第二十九条 劳动争议仲裁委员会收到仲裁申请之日起五日内，认为符合受理条件的，应当受理，并通知申请人；认为不符合受理条件的，应当书面通知申请人不予受理，并说明理由。对劳动争议仲裁委员会不予受理或者逾期未作出决定的，申请人可以就该劳动争议事项向人民法院提起诉讼。

第三十条 劳动争议仲裁委员会受理仲裁申请后，应当在五日内将仲裁申请书副本送达被申请人。

被申请人收到仲裁申请书副本后，应当在十日内向劳动争议仲裁委员会提交答辩书。劳动争议仲裁委员会收到答辩书后，应当在五日内将答辩书副本送达申请人。被申请人未提交答辩书的，不影响仲裁程序的进行。

第三节 开庭和裁决

第三十一条 劳动争议仲裁委员会裁决劳动争议案件实行仲裁庭制。仲裁庭由三名仲裁员组成，设首席仲裁员。简单劳动争议案件可以由一名仲裁员独任仲裁。

第三十二条 劳动争议仲裁委员会应当在受理仲裁申请之日起五日内将仲裁庭的组成情况书面通知当事人。

第三十三条 仲裁员有下列情形之一，应当回避，当事人也有权以口头或者书面方式提出回避申请：

（一）是本案当事人或者当事人、代理人的近亲属的；

（二）与本案有利害关系的；

（三）与本案当事人、代理人有其他关系，可能影响公正裁决的；

（四）私自会见当事人、代理人，或者接受当事人、代理人的请客送礼的。

劳动争议仲裁委员会对回避申请应当及时作出决定，并以口头或者书面方式通知当事人。

第三十四条 仲裁员有本法第三十三条第四项规定情形，或者有索贿受贿、徇私舞弊、枉法裁决行为的，应当依法承担法律责任。劳动争议仲裁委员会应当将其解聘。

第三十五条 仲裁庭应当在开庭五日前，将开庭日期、地点书面通知双方当事人。当事人有正当理由的，可以在开庭三日前请求延期开庭。是否延期，由劳动争议仲裁委员会决定。

第三十六条 申请人收到书面通知，无正当理由拒不到庭或者未经仲裁庭同意中途退庭的，可以视为撤回仲裁申请。

被申请人收到书面通知，无正当理由拒不到庭或者未经仲裁庭同意中途退庭的，可以缺席裁决。

第三十七条 仲裁庭对专门性问题认为需要鉴定的，可以交由当事人约定的鉴定机构鉴定；当事人没有约定或者无法达成约定的，由仲裁庭指定的鉴定机构鉴定。

根据当事人的请求或者仲裁庭的要求，鉴定机构应当派鉴定人参加开庭。当事人经仲裁庭许可，可以向鉴定人提问。

第三十八条 当事人在仲裁过程中有权进行质证和辩论。质证和辩论终结时，首席仲裁员或者独任仲裁员应当征询当事人的最后意见。

第三十九条 当事人提供的证据经查证属实的，仲裁庭应当将其作为认定事实的根据。

劳动者无法提供由用人单位掌握管理的与仲裁请求有关的证据，仲裁庭可以要求用人单位在指定期限内提供。用人单位在指定期限内不提供的，应当承担不利后果。

第四十条 仲裁庭应当将开庭情况记入笔录。当事人和其他仲裁参加人认为对自己陈述的记录有遗漏或者差错的，有权申请补正。如果不予补正，应当记录该申请。

笔录由仲裁员、记录人员、当事人和其他仲裁参加人签名或者盖章。

第四十一条 当事人申请劳动争议仲裁后，可以自行和解。达成和解协议的，可以撤回仲裁申请。

第四十二条 仲裁庭在作出裁决前，应当先行调解。

调解达成协议的，仲裁庭应当制作调解书。

调解书应当写明仲裁请求和当事人协议的结果。调解书由仲裁员签名，加盖劳动争议仲裁委员会印章，送达双方当事人。调解书经双方当事人签收后，发生法律效力。

调解不成或者调解书送达前，一方当事人反悔的，仲裁庭应当及时作出裁决。

第四十三条 仲裁庭裁决劳动争议案件，应当自劳动争议仲裁委员会受理仲裁申请之日起四十五日内结束。案情复杂需要延期的，经劳动争议仲裁委员会主任批准，可以延期并书面通知当事人，但是延长期限不得超过十五日。逾期未作出仲裁结果的，当事人可以就该劳动争议事项向人民法院提起诉讼。

仲裁庭裁决劳动争议案件时，其中一部分事实已经清楚，可以就该部分先行裁决。

第四十四条 仲裁庭对追索劳动报酬、工伤医疗费、经济补偿或者赔偿金的案件，根据当事人的申请，可以裁决先予执行，移送人民法院执行。

仲裁庭裁决先予执行的，应当符合下列条件：

（一）当事人之间权利义务关系明确；

（二）不先予执行将严重影响申请人的生活。

劳动者申请先予执行的，可以不提供担保。

第四十五条 裁决应当按照多数仲裁员的意见作出，少数仲裁员的不同意见应当记入笔录。仲裁庭不能形成多数意见时，裁决应当按照首席仲裁员的意见作出。

第四十六条 裁决书应当载明仲裁请求、争议事实、裁决理由、裁决结果和裁决日期。裁决书由仲裁员签名，加盖劳动争议仲裁委员会印章。对裁决持不同意见的仲裁员，可以签名，也可以不签名。

第四十七条 下列劳动争议，除本法另有规定的外，仲裁结果为终局裁决，裁决书自作出之日起发生法律效力：

（一）追索劳动报酬、工伤医疗费、经济补偿或者赔偿金，不超过当地月最低工资标准十二个月金额的争议；

（二）因执行国家的劳动标准在工作时间、休息休假、社会保险等方面发生的争议。

第四十八条 劳动者对本法第四十七条规定的仲裁结果不服的，可以自收到仲裁结果书之日起十五日内向人民法院提起诉讼。

第四十九条 用人单位有证据证明本法第四十七条规定的仲裁结果有下列情形之一，可以自收到仲裁结果书之日起三十日内向劳动争议仲裁委员会所在地的中级人民法院申请撤销裁决：

（一）适用法律、法规确有错误的；

（二）劳动争议仲裁委员会无管辖权的；

（三）违反法定程序的；

（四）裁决所根据的证据是伪造的；

（五）对方当事人隐瞒了足以影响公正裁决的证据的；

（六）仲裁员在仲裁该案时有索贿受贿、徇私舞弊、枉法裁决行为的。

人民法院经组成合议庭审查核实裁决有前款规定情形之一的，应当裁定撤销。

仲裁结果被人民法院裁定撤销的，当事人可以自收到裁定书之日起十五日内就该劳动争议事项向人民法院提起诉讼。

第五十条 当事人对本法第四十七条规定以外的其他劳动争议案件的仲裁结果不服的，可以自收到仲裁结果书之日起十五日内向人民法院提起诉讼；期满不起诉的，裁决书发生法律效力。

第五十一条 当事人对发生法律效力的调解书、裁决书，应当依照规定的期限履行。一方当事人逾期不履行的，另一方当事人可以依照民事诉讼法的有关规定向人民法院申请执行。受理申请的人民法院应当依法执行。

第四章 附　　则

第五十二条 事业单位实行聘用制的工作人员与本单位发生劳动争议的，依照本法执行；法律、行政法规或者国务院另有规定的，依照其规定。

第五十三条 劳动争议仲裁不收费。劳动争议仲裁委员会的经费由财政予以保障。

第五十四条 本法自 2008 年 5 月 1 日起施行。

劳动和社会保障行政复议办法

(1999 年 11 月 23 日　劳动和社会保障部令第 5 号)

第一条　为了防止和纠正违法或者不当的具体行政行为，保护公民、法人或者其他组织的合法权益，保障和监督劳动保障行政部门依法行使职权，根据《中华人民共和国行政复议法》，制定本办法。

第二条　公民、法人或者其他组织认为劳动保障行政部门作出的具体行政行为侵犯其合法权益，向劳动保障行政部门申请行政复议，劳动保障行政部门受理行政复议申请，作出行政复议决定，适用本办法。

第三条　公民、法人或者其他组织对劳动保障行政部门作出的下列具体行政行为不服，可以申请行政复议：

对劳动保障行政部门作出的警告、罚款、没收违法所得、没收非法财物、责令停产停业、吊销许可证等行政处罚决定不服的；

认为符合法定条件，申请劳动保障行政部门办理许可证、资格证等行政许可手续，劳动保障行政部门拒绝办理或者在法定期限内没有依法办理的；

对劳动保障行政部门作出的有关许可证、资格证等变更、中止、取消的决定不服的；

认为符合法定条件，申请劳动保障行政部门审批、审核、登记有关事项，劳动保障行政部门没有依法办理的；

认为劳动保障行政部门侵犯合法的用人自主权、工资分配权等经营自主权的；

申请劳动保障行政部门依法履行保护劳动者获取劳动报酬权、休息休假权、社会保险权等法定职责，劳动保障行政部门没有依法履行的；

认为劳动保障行政部门违法收费或者违法要求履行义务的；

对劳动保障行政部门认定工伤的具体行政行为不服的；

认为劳动保障行政部门作出的其他具体行政行为侵犯其合法权益的。

第四条 公民、法人或者其他组织认为劳动保障行政部门的具体行政行为所依据的除法律、法规、规章和国务院文件以外的其他规范性文件不合法，在对具体行政行为申请行政复议时，可以一并向劳动保障复议机关提出对该规范性文件的审查申请。

第五条 公民、法人或者其他组织对下列事项，不能申请行政复议：

劳动者与用人单位之间在执行劳动保障法律、法规、规章及其他规范性文件中发生的劳动争议；

对劳动鉴定委员会作出的伤残等级鉴定结论不服的；

对劳动争议仲裁委员会作出的仲裁决定或者裁决不服的；

向人民法院提起行政诉讼，人民法院已经依法受理的；

法律、法规规定的其他情形。

第六条 对县级以上劳动保障行政部门的具体行政行为不服的，可以向上一级劳动保障行政部门申请复议，也可以向本级人民政府申请复议。

第七条 对依法受委托的属于事业组织的就业服务管理机构、职业技能鉴定指导机构、乡镇劳动工作机构等作出的具体行政行为不服的，可以向委托其行使行政管理职能的劳动保障行政部门的上一级劳动保障行政部门申请复议，也可以向该劳动保障行政部门的同级人民政府申请行政复议。委托的劳动保障行政部门是被申请人。

第八条 对劳动保障行政部门和政府其他部门组织执法检查，

以共同名义作出的具体行政行为不服的，可以向其共同的上一级行政机关申请复议。共同作出具体行政行为的劳动保障行政部门是共同被申请人之一。

第九条 劳动保障行政部门的法制机构或者负责法制工作的机构（以下简称法制机构）收到复议申请后，应当注明收到日期，并在5日内进行审查，由劳动保障行政部门按照下列情况分别作出决定：

对符合法定受理条件，并属于本机关受理范围的，作出受理决定，制作《行政复议受理通知书》，送达申请人和被申请人，该通知中应当告知受理日期；

对符合法定受理条件，但不属于本机关受理范围的，应当书面告知申请人向有关机关提出；

对不符合法定受理条件的，应当作出不予受理决定，并制作《行政复议不予受理决定书》，送达申请人，该决定书中应当说明不予受理的理由。

第十条 劳动保障行政部门的其他工作机构收到复议申请的，应当立即转送法制机构。

除不符合行政复议的法定条件或者不属于本机关受理的复议申请外，行政复议申请自劳动保障复议机关的法制机构收到之日起即为受理。

第十一条 劳动者与用人单位因工伤保险待遇发生争议，向劳动争议仲裁委员会申请仲裁期间，对劳动保障行政部门作出的工伤认定结论不服，又向劳动保障复议机关申请复议的，如果符合法定条件，劳动保障复议机关应当受理。

第十二条 申请人认为劳动保障复议机关无正当理由不受理其复议申请的，可以向上级劳动保障行政部门反映，上级劳动保障行政部门在审查后可以作出以下处理决定：

申请人提出的申请符合法定受理条件的，应当责令下级劳动保障行政部门予以受理，其中申请人不服的具体行政行为是依据劳动保障法律、法规、本级以上人民政府制定的规章或者本机关制定的规范性文件作出的，或者上级劳动保障行政部门认为有必要直接受理的，可以直接受理；

上级劳动保障行政部门认为下级劳动保障行政部门不予受理行为确有正当理由，申请人仍然不服的，应当告知申请人可以依法对下级劳动保障行政部门的具体行政行为向人民法院提起行政诉讼。

第十三条 劳动保障行政部门受理复议申请后，法制机构可以与本机关的有关业务机构共同对行政复议案件进行审查。

第十四条 劳动保障复议机关在审查申请人一并提出的作出具体行政行为所依据的有关规定的合法性时，应当根据具体情况，分别作出以下处理：

如果该规定是由本行政机关制定的，应当在30日内对该规定依法作出处理结论；

如果该规定是由其他劳动保障行政部门制定的，应当在7日内将有关材料直接移送制定该规定的劳动保障行政部门，请其在60日内依法作出处理结论，并将处理结论告知移送的劳动保障复议机关；

如果该规定是由政府制定的，应当在7日内按照法定程序转送有权处理的国家机关依法处理。

对该规定进行审查期间，中止对具体行政行为的审查；审查结束后，劳动保障复议机关再继续本案具体行政行为的审查。中止审查期间，应当将有关中止的情况通知申请人和被申请人。

第十五条 劳动保障复议机关对决定撤销、变更具体行政行为或者确认具体行政行为违法并且申请人提出行政赔偿请求的下列具体行政行为，应当在复议决定中同时作出被申请人依法给予赔偿的决定：

被申请人违法实施罚款、吊销许可证、责令停产停业、没收财物等行政处罚行为的；

被申请人非法对财产采取查封、扣押等行政强制措施的；

被申请人造成申请人财产损失的其他违法行为。

第十六条 劳动保障复议机关作出复议决定，应当制作复议决定书。复议决定书应当载明下列事项：

申请人的姓名、性别、年龄、工作单位、住址（法人或者其他组织的名称、地址、法定代表人的姓名、职务）；

被申请人的名称、地址、法定代表人的姓名、职务；

申请人的复议请求和理由；

劳动保障复议机关认定的事实、理由，适用的法律、法规、规章及其他规范性文件；

复议结论；

申请人不服复议决定向人民法院起诉的期限；

作出复议决定的年、月、日。

复议决定书应当加盖本行政机关的印章。

第十七条　劳动保障复议机关应当根据《中华人民共和国民事诉讼法》的规定，采用直接送达、邮寄送达或者委托送达等方式，将复议决定书送达申请人和被申请人。

第十八条　复议案件审查结束后，应当将案件的材料立卷归档。

第十九条　本办法自发布之日起施行。

最高人民法院关于审理劳动争议案件适用法律若干问题的解释

(2001 年 4 月 16 日　法释〔2001〕14 号)

为正确审理劳动争议案件，根据《中华人民共和国劳动法》（以下简称《劳动法》）和《中华人民共和国民事诉讼法》（以下简称《民事诉讼法》）等相关法律之规定，就适用法律的若干问题，作如下解释。

第一条　劳动者与用人单位之间发生的下列纠纷，属于《劳动法》第二条规定的劳动争议，当事人不服劳动争议仲裁委员会作出的裁决，依法向人民法院起诉的，人民法院应当受理：

（一）劳动者与用人单位在履行劳动合同过程中发生的纠纷；

（二）劳动者与用人单位之间没有订立书面劳动合同，但已形成劳动关系后发生的纠纷；

（三）劳动者退休后，与尚未参加社会保险统筹的原用人单位因追索养老金、医疗费、工伤保险待遇和其他社会保险费而发生的纠纷。

第二条　劳动争议仲裁委员会以当事人申请仲裁的事项不属于劳动争议为由，作出不予受理的书面裁决、决定或者通知，当事人不服，依法向人民法院起诉的，人民法院应当分别情况予以处理：

（一）属于劳动争议案件的，应当受理；

（二）虽不属于劳动争议案件，但属于人民法院主管的其他案件，应当依法受理。

第三条　劳动争议仲裁委员会根据《劳动法》第八十二条之规定，以当事人的仲裁申请超过 60 日期限为由，作出不予受理的书面裁决、决定或者通知，当事人不服，依法向人民法院起诉的，人民法院应当受理；对确已超过仲裁申请期限，又无不可抗力或者其他正当理由的，依法驳回其诉讼请求。

第四条　劳动争议仲裁委员会以申请仲裁的主体不适格为由，作出不予受理的书面裁决、决定或者通知，当事人不服，依法向人民法院起诉的，经审查，确属主体不适格的，裁定不予受理或者驳回起诉。

第五条　劳动争议仲裁委员会为纠正原仲裁裁决错误重新作出裁决，当事人不服，依法向人民法院起诉的，人民法院应当受理。

第六条　人民法院受理劳动争议案件后，当事人增加诉讼请求的，如该诉讼请求与讼争的劳动争议具有不可分性，应当合并审理；如属独立的劳动争议，应当告知当事人向劳动争议仲裁委员会申请仲裁。

第七条　劳动争议仲裁委员会仲裁的事项不属于人民法院受理的案件范围，当事人不服，依法向人民法院起诉的，裁定不予受理或者驳回起诉。

第八条　劳动争议案件由用人单位所在地或者劳动合同履行地的基层人民法院管辖。

劳动合同履行地不明确的，由用人单位所在地的基层人民法院管辖。

第九条　当事人双方不服劳动争议仲裁委员会作出的同一仲裁裁决，均向同一人民法院起诉的，先起诉的一方当事人为原告，但对双方的诉讼请求，人民法院应当一并作出裁决。

当事人双方就同一仲裁裁决分别向有管辖权的人民法院起诉的，后受理的人民法院应当将案件移送给先受理的人民法院。

第十条　用人单位与其他单位合并的，合并前发生的劳动争议，由合并后的单位为当事人；用人单位分立为若干单位的，其分立前发生的劳动争议，由分立后的实际用人单位为当事人。

用人单位分立为若干单位后，对承受劳动权利义务的单位不明确的，分立后的单位均为当事人。

第十一条 用人单位招用尚未解除劳动合同的劳动者，原用人单位与劳动者发生的劳动争议，可以列新的用人单位为第三人。

原用人单位以新的用人单位侵权为由向人民法院起诉的，可以列劳动者为第三人。

原用人单位以新的用人单位和劳动者共同侵权为由向人民法院起诉的，新的用人单位和劳动者列为共同被告。

第十二条 劳动者在用人单位与其他平等主体之间的承包经营期间，与发包方和承包方双方或者一方发生劳动争议，依法向人民法院起诉的，应当将承包方和发包方作为当事人。

第十三条 因用人单位作出的开除、除名、辞退、解除劳动合同、减少劳动报酬、计算劳动者工作年限等决定而发生的劳动争议，用人单位负举证责任。

第十四条 劳动合同被确认为无效后，用人单位对劳动者付出的劳动，一般可参照本单位同期、同工种、同岗位的工资标准支付劳动报酬。

根据《劳动法》第九十七条之规定，由于用人单位的原因订立的无效合同，给劳动者造成损害的，应当比照违反和解除劳动合同经济补偿金的支付标准，赔偿劳动者因合同无效所造成的经济损失。

第十五条 用人单位有下列情形之一，迫使劳动者提出解除劳动合同的，用人单位应当支付劳动者的劳动报酬和经济补偿，并可支付赔偿金：

（一）以暴力、威胁或者非法限制人身自由的手段强迫劳动的；

（二）未按照劳动合同约定支付劳动报酬或者提供劳动条件的；

（三）克扣或者无故拖欠劳动者工资的；

（四）拒不支付劳动者延长工作时间工资报酬的；

（五）低于当地最低工资标准支付劳动者工资的。

第十六条 劳动合同期满后，劳动者仍在原用人单位工作，原用人单位未表示异议的，视为双方同意以原条件继续履行劳动合同。一方提出终止劳动关系的，人民法院应当支持。

根据《劳动法》第二十条之规定，用人单位应当与劳动者签订无固定期限劳动合同而未签订的，人民法院可以视为双方之间存在无固定期限劳动合同关系，并以原劳动合同确定双方的权利义务关系。

第十七条 劳动争议仲裁委员会作出仲裁裁决后，当事人对裁决中的部分事项不服，依法向人民法院起诉的，劳动争议仲裁裁决不发生法律效力。

第十八条 劳动争议仲裁委员会对多个劳动者的劳动争议作出仲裁裁决后，部分劳动者对仲裁裁决不服，依法向人民法院起诉的，仲裁裁决对提出起诉的劳动者不发生法律效力；对未提出起诉的部分劳动者，发生法律效力，如其申请执行的，人民法院应当受理。

第十九条 用人单位根据《劳动法》第四条之规定，通过民主程序制定的规章制度，不违反国家法律、行政法规及政策规定，并已向劳动者公示的，可以作为人民法院审理劳动争议案件的依据。

第二十条 用人单位对劳动者作出的开除、除名、辞退等处理，或者因其他原因解除劳动合同确有错误的，人民法院可以依法判决予以撤销。

对于追索劳动报酬、养老金、医疗费以及工伤保险待遇、经济补偿金、培训费及其他相关费用等案件，给付数额不当的，人民法院可以予以变更。

第二十一条 当事人申请人民法院执行劳动争议仲裁机构作出的发生法律效力的裁决书、调解书，被申请人提出证据证明劳动争议仲裁裁决书、调解书有下列情形之一，并经审查核实的，人民法院可以根据《民事诉讼法》第二百一十七条之规定，裁定不予执行：

（一）裁决的事项不属于劳动争议仲裁范围，或者劳动争议仲裁机构无权仲裁的；

（二）适用法律确有错误的；

（三）仲裁员仲裁该案时，有徇私舞弊、枉法裁决行为的；

（四）人民法院认定执行该劳动争议仲裁裁决违背社会公共利益的。

人民法院在不予执行的裁定书中，应当告知当事人在收到裁定书之次日起 30 日内，可以就该劳动争议事项向人民法院起诉。

最高人民法院关于
审理劳动争议案件适用法律
若干问题的解释（二）

（2006 年 8 月 14 日　法释〔2006〕6 号）

重点提示

为正确审理劳动争议案件，根据《中华人民共和国劳动法》、《中华人民共和国民事诉讼法》等相关法律规定，结合民事审判实践，对人民法院审理劳动争议案件适用法律的若干问题补充解释如下：

第一条　人民法院审理劳动争议案件，对下列情形，视为劳动法第八十二条规定的"劳动争议发生之日"：

（一）在劳动关系存续期间产生的支付工资争议，用人单位能够证明已经书面通知劳动者拒付工资的，书面通知送达之日为劳动争议发生之日。用人单位不能证明的，劳动者主张权利之日为劳动争议发生之日。

（二）因解除或者终止劳动关系产生的争议，用人单位不能证明劳动者收到解除或者终止劳动关系书面通知时间的，劳动者主张权利之日为劳动争议发生之日。

（三）劳动关系解除或者终止后产生的支付工资、经济补偿金、福利待遇等争议，劳动者能够证明用人单位承诺支付的时间为解除或者终止劳动关系后的具体日期的，用人单位承诺支付之日为劳动争议发生之日。劳动者不能证明的，解除或者终止劳动关系之日为劳动争议发生之日。

第二条 拖欠工资争议，劳动者申请仲裁时劳动关系仍然存续，用人单位以劳动者申请仲裁超过六十日为由主张不再支付的，人民法院不予支持。但用人单位能够证明劳动者已经收到拒付工资的书面通知的除外。

第三条 劳动者以用人单位的工资欠条为证据直接向人民法院起诉，诉讼请求不涉及劳动关系其他争议的，视为拖欠劳动报酬争议，按照普通民事纠纷受理。

第四条 用人单位和劳动者因劳动关系是否已经解除或者终止，以及应否支付解除或终止劳动关系经济补偿金产生的争议，经劳动争议仲裁委员会仲裁后，当事人依法起诉的，人民法院应予受理。

第五条 劳动者与用人单位解除或者终止劳动关系后，请求用人单位返还其收取的劳动合同定金、保证金、抵押金、抵押物产生的争议，或者办理劳动者的人事档案、社会保险关系等移转手续产生的争议，经劳动争议仲裁委员会仲裁后，当事人依法起诉的，人民法院应予受理。

第六条 劳动者因为工伤、职业病，请求用人单位依法承担给予工伤保险待遇的争议，经劳动争议仲裁委员会仲裁后，当事人依法起诉的，人民法院应予受理。

第七条 下列纠纷不属于劳动争议：

（一）劳动者请求社会保险经办机构发放社会保险金的纠纷；

（二）劳动者与用人单位因住房制度改革产生的公有住房转让纠纷；

（三）劳动者对劳动能力鉴定委员会的伤残等级鉴定结论或者对职业病诊断鉴定委员会的职业病诊断鉴定结论的异议纠纷；

（四）家庭或者个人与家政服务人员之间的纠纷；

（五）个体工匠与帮工、学徒之间的纠纷；

（六）农村承包经营户与受雇人之间的纠纷。

第八条 当事人不服劳动争议仲裁委员会作出的预先支付劳动

者部分工资或者医疗费用的裁决，向人民法院起诉的，人民法院不予受理。

用人单位不履行上述裁决中的给付义务，劳动者依法向人民法院申请强制执行的，人民法院应予受理。

第九条 劳动者与起有字号的个体工商户产生的劳动争议诉讼，人民法院应当以营业执照上登记的字号为当事人，但应同时注明该字号业主的自然情况。

第十条 劳动者因履行劳动力派遣合同产生劳动争议而起诉，以派遣单位为被告；争议内容涉及接受单位的，以派遣单位和接受单位为共同被告。

第十一条 劳动者和用人单位均不服劳动争议仲裁委员会的同一裁决，向同一人民法院起诉的，人民法院应当并案审理，双方当事人互为原告和被告。在诉讼过程中，一方当事人撤诉的，人民法院应当根据另一方当事人的诉讼请求继续审理。

第十二条 当事人能够证明在申请仲裁期间内因不可抗力或者其他客观原因无法申请仲裁的，人民法院应当认定申请仲裁期间中止，从中止的原因消灭之次日起，申请仲裁期间连续计算。

第十三条 当事人能够证明在申请仲裁期间内具有下列情形之一的，人民法院应当认定申请仲裁期间中断：

（一）向对方当事人主张权利；

（二）向有关部门请求权利救济；

（三）对方当事人同意履行义务。

申请仲裁期间中断的，从对方当事人明确拒绝履行义务，或者有关部门作出处理决定或明确表示不予处理时起，申请仲裁期间重新计算。

第十四条 在诉讼过程中，劳动者向人民法院申请采取财产保全措施，人民法院经审查认为申请人经济确有困难，或有证据证明用人单位存在欠薪逃匿可能的，应当减轻或者免除劳动者提供担保的义务，及时采取保全措施。

第十五条 人民法院作出的财产保全裁定中，应当告知当事人在劳动仲裁机构的裁决书或者在人民法院的裁判文书生效后三个月内申请强制执行。逾期不申请的，人民法院应当裁定解除保全措施。

第十六条 用人单位制定的内部规章制度与集体合同或者劳动合同约定的内容不一致，劳动者请求优先适用合同约定的，人民法院应予支持。

第十七条 当事人在劳动争议调解委员会主持下达成的具有劳动权利义务内容的调解协议，具有劳动合同的约束力，可以作为人民法院裁判的根据。

当事人在劳动争议调解委员会主持下仅就劳动报酬争议达成调解协议，用人单位不履行调解协议确定的给付义务，劳动者直接向人民法院起诉的，人民法院可以按照普通民事纠纷受理。

第十八条 本解释自二〇〇六年十月一日起施行。本解释施行前本院颁布的有关司法解释与本解释规定不一致的，以本解释的规定为准。

本解释施行后，人民法院尚未审结的一审、二审案件适用本解释。本解释施行前已经审结的案件，不得适用本解释的规定进行再审。

劳动争议仲裁委员会办案规则

（1993 年 10 月 18 日　劳部发〔1993〕276 号）

第一章　总　　则

第一条　为实现劳动仲裁办案规范化，保证办案质量，及时正确地处理劳动争议，根据《中华人民共和国企业劳动争议处理条例》（以下简称《条例》），制定本规则。

第二条　地方各级劳动争议仲裁委员会及其办事机构的工作人员、仲裁员，均应执行本规则。

第三条　劳动争议仲裁委员会（以下简称仲裁委员会）处理劳动争议案件，必须遵守国家法律、法规、规章和政策，查明事实，先行调解，调解不成时，及时裁决。对当事人适用法律一律平等。

第四条　仲裁委员会及仲裁庭处理劳动争议案件，实行少数服从多数的原则。

第五条　仲裁庭在仲裁委员会领导下依法处理劳动争议。

第二章　管　　辖

第六条　地方各级仲裁委员会处理劳动争议的管辖范围由省、自治区、直辖市人民政府依据《条例》确定。

第七条　仲裁委员会发现受理的案件不属于本会管辖时，应当移送有管辖权的仲裁委员会。仲裁委员会之间因管辖权发生争议，由双方协商解决；协商不成时，由共同的上级劳动行政主管部门指定管辖。

第八条　发生劳动争议的单位与职工不在同一个仲裁委员会管辖地区的，由职工当事人工资关系所在地仲裁委员会受理。

第三章　仲裁参加人

第九条　企业与职工为劳动争议的当事人。企业法人由其法定代表人参加仲裁活动。依法成立的其他企业或单位由其主要负责人参加仲裁活动。

当事人可以委托一至二名律师或其他人代理参加仲裁活动。委托他人参加仲裁活动，必须向仲裁委员会提交有委托人签名或盖章的授权委托书，委托书应当明确委托事项和权限。无民事行为能力和限制行为能力的职工可由其法定代理人代为申诉；死亡职工可由其利害关系人代为申诉；法定代理人或利害关系人不明确的，由仲裁委员会指定代理人。

第十条　发生劳动争议的职工一方在三人以上，并有共同理由的，应当推举代表参加仲裁活动。代表人数由仲裁委员会确定。

第十一条　与劳动争议处理结果有利害关系的第三人，可以申请参加仲裁活动，或者由仲裁委员会通知其参加。

第四章　案件受理

第十二条　仲裁委员会的办事机构负责劳动争议案件受理的日常工作。仲裁委员会办事机构工作人员接到仲裁申请书后，应对下列事项进行审查：

（一）申诉人是否与本案有直接利害关系；

（二）申请仲裁的争议是否属于劳动争议；

（三）申请仲裁的劳动争议是否属于仲裁委员会的受理内容；

（四）该劳动争议是否属于本仲裁委员会管辖；

（五）申请书及有关材料是否齐备并符合要求；

（六）申请时间是否符合申请仲裁的时效规定。

对申诉材料不齐备或有关情况不明确的仲裁申请书，应指导申诉人予以补充。

第十三条　仲裁委员会可以授权其办事机构负责立案审批工作。

仲裁委员会办事机构工作人员对于经审查符合受理条件的案件，应立即填写《立案审批表》并及时报仲裁委员会或其办事机构负责人审批。

第十四条　仲裁委员会或其办事机构负责人对《立案审批表》应自填表之日起七日内作出决定。决定不予立案的，应当自作出决定之日起七日内制作不予受理通知书，送达申诉人；决定立案的，应当自作出决定之日起七日内向申诉人发出书面通知，将申诉书副本送达被诉人，并要求其在十五日内提交答辩书和证据。

被诉人不提交答辩书的，不影响案件的处理。

第五章　案件仲裁准备

第十五条　仲裁委员会决定受理的劳动争议案件，应自立案之日起七日内按《劳动争议仲裁委员会组织规则》组成仲裁庭。

第十六条　对事实清楚，案情简单，适用法律法规明确的案件，可由仲裁委员会指定一名仲裁员独任处理。

第十七条　仲裁委员会的成员或被指定的仲裁员有《条例》第三十五条所列情形之一的，应当回避。

前款规定同时适用于书记员、鉴定人、勘验人，以及翻译人员。

第十八条　仲裁委员会主任的回避，由仲裁委员会决定；仲裁委员会其他成员、仲裁员和其他人员的回避由仲裁委员会主任决定。

第十九条　仲裁委员会或仲裁委员会主任对回避申请应在七日内作出决定，并以口头或书面方式通知当事人。

第二十条　仲裁庭成员应认真审阅申诉、答辩材料，调查、收集证据，查明争议事实。

第二十一条　仲裁员进行调查时，应当先向被调查人出示证件。调查笔录经被调查人校阅后，由被调查人、调查人签名或盖章。

第二十二条　在仲裁活动中，遇有需要勘验或鉴定的问题，应交由法定部门勘验或鉴定；没有法定部门的，由仲裁委员会委托有关部门勘验或鉴定。

第二十三条　各地仲裁委员会之间可以互相委托调查。受委托方仲裁委员会应当在委托方仲裁委员会要求的期限内完成调查，因故不能完成的应当在要求期限内函告委托方仲裁委员会。

第二十四条　仲裁庭成员应根据调查的事实，拟定处理方案。

第六章　案件审理

第二十五条　仲裁庭审理劳动争议案件，应于开庭四日前，将仲裁庭组成人员、开庭时间、地点的书面通知送达当事人。当事人接到通知，无正当理由拒不到庭的，或在开庭期间未经仲裁庭同意自行退庭的，对申诉人按撤诉处理，对被诉人作缺席裁决。

第二十六条　仲裁庭审理劳动争议案件应当先行调解。

经调解达成协议的，按《条例》第二十七、二十八条的规定制作仲裁调解书，调解书由双方当事人签字、仲裁员署名、加盖仲裁委员会印章并送达当事人。

调解未达成协议，或仲裁调解书送达前当事人反悔的，以及当事人拒绝接收调解书的，仲裁庭应及时裁决。

第二十七条　仲裁庭开庭裁决，可以根据案情选择以下程序：

（一）由书记员查明双方当事人、代理人及有关人员是否到庭，宣布仲裁庭纪律；

（二）首席仲裁员宣布开庭，宣布仲裁员、书记员名单，告知当事人的申诉、申辩权利和义务，询问当事人是否申请回避并宣布案由；

（三）听取申诉人的申诉和被诉人的答辩；

（四）仲裁员以询问方式，对需要进一步了解的问题进行当庭调查，并征询双方当事人的最后意见；

（五）根据当事人的意见，当庭再行调解；

（六）不宜进行调解或调解达不成协议时，应及时休庭合议并作出裁决；

（七）仲裁庭复庭，宣布仲裁裁决；

（八）对仲裁庭难作结论或需提交仲裁委员会决定的疑难案件，仲裁庭应当宣布延期裁决。

第二十八条 在管辖区域内有重大影响的案件，以及经仲裁庭合议难作结论的疑难案件，仲裁庭可在查明事实后提交仲裁委员会决定。

第二十九条 仲裁庭作出裁决前，申诉人申请撤诉的，仲裁庭审查后决定其撤诉是否成立。仲裁决定须在七日内完成。

第三十条 仲裁庭处理劳动争议，应从组成仲裁庭之日起六十日内结案。案情复杂需要延期的，报仲裁委员会批准后可适当延长，但最长延期不得超过三十日。

对于请示待批，工伤鉴定，当事人因故不能参加仲裁活动，以及其他妨碍仲裁办案进行的客观情况，应视为仲裁时效中止，并需报仲裁委员会审查同意。仲裁时效中止不应计入仲裁办案时效内。

第三十一条 仲裁庭处理劳动争议结案时，应填写《仲裁结案审批表》报仲裁委员会主任审批。仲裁委员会主任认为有必要，也可提交仲裁委员会审批。审批须在七日内完成。

第三十二条 仲裁庭作出裁决后，应制作仲裁裁决书。裁决书由仲裁员署名，加盖仲裁委员会印章，送达双方当事人。

仲裁庭当庭裁决的，应当在七日内发送裁决书。定期另庭裁决的当庭发给裁决书。

第三十三条 仲裁庭作出裁决时，对涉及经济赔偿和补偿的争议标的可作变更裁决，对其他争议标的可在作出肯定或否定裁决的同时，另向当事人提出书面仲裁建议。

第三十四条　各级仲裁委员会主任对本委员会已发生法律效力的裁决书，发现确有错误，需要重新处理的，应提交本仲裁委员会决定。

决定重新处理的争议，由仲裁委员会决定终止原裁决的执行。仲裁决定书由仲裁委员会主任署名，加盖仲裁委员会印章。

仲裁委员会宣布原仲裁裁决书无效后，应从宣布无效之日起七日内另行组成仲裁庭。仲裁庭再次处理劳动争议案件，应当自组成仲裁庭之日起三十日内结案。

第三十五条　仲裁裁决书应写明：

（一）申诉人和被诉人的姓名、性别、年龄、民族、职业、工作单位和住址，单位名称、地址及其法定代表人（或负责人）或代理人的姓名、职务；

（二）申诉的理由、争议的事实和要求；

（三）裁决认定的事实、理由和适用的法律、法规；

（四）裁决的结果及费用的负担；

（五）不服裁决，向人民法院起诉的期限。

仲裁调解书可参考仲裁裁决书的格式制作。

第七章　案件特别审理

第三十六条　职工一方在三十人以上的集体劳动争议适用本章规定。本章没有规定的适用本规则和《条例》的有关规定。

第三十七条　仲裁委员会处理集体劳动争议，应当组成特别仲裁庭。特别仲裁庭由三名以上仲裁员单数组成。

县级仲裁委员会认为有必要，可以将集体劳动争议报请市（地、州、盟）仲裁委员会处理。

第三十八条　仲裁庭对集体劳动争议应按照就地、就近的原则进行处理，开庭场所可设在发生争议的企业或其他便于及时办案的地方。

第三十九条　仲裁委员会应当自收到集体劳动争议申诉书之日

起三日内作出受理或者不予受理的决定。仲裁委员会在作出受理决定的同时，组成特别仲裁庭，用通知书或布告形式通知当事人；决定不予受理的，应当说明理由。

第四十条 受理通知书送达或受理布告公布后，当事人不得有激化矛盾的行为。

第四十一条 仲裁庭处理集体劳动争议应先行调解，或者促成职工代表与企业代表召开协商会议，在查明事实的基础上促使当事人自愿达成协议。

调解达成协议的，调解书自送达或布告公布之日起即发生法律效力。

调解或协商未能达成协议的，仲裁庭应及时裁决。

第四十二条 仲裁庭作出裁决后，应制作裁决书送达当事人，或用"布告"形式公布。

第四十三条 仲裁庭处理集体劳动争议，应当自组成仲裁庭之日起十五日内结束。案情复杂需要延期的，经报仲裁委员会批准，可以适当延期，但是延长的期限不得超过十五日。

第四十四条 仲裁委员会对受理的集体劳动争议及其处理结果应及时向当地人民政府汇报。

第八章 期间、送达

第四十五条 期间包括法定期间和仲裁委员会指定的期间。期间以日、月、年计算。期间开始之日计算在期间内。期间届满的最后一日是法定节假日的，以节假日后的第一天为期间届满的日期。期间不包括在途时间。仲裁文书在期满前交邮的，不算过期。

第四十六条 当事人因不可抗拒的事由，或其他正当理由超过申诉时效的劳动争议，仲裁委员会应当受理。

第四十七条 送达仲裁文书必须有送达回执，由受送达人在送达回执上记明收到日期，签名或盖章。

受送达人在送达回执上的签收日期为送达日期。

第四十八条　仲裁委员会送达仲裁文书，应当直接送交受送达人；本人不在的，交其同住成年亲属签收；受送达人已向仲裁委员会指定代收人的，交代收人签收；受送达人方是企业或单位，又没有向仲裁委员会指定代收人的，可以交其负责收件人签收。

第四十九条　受送达人拒绝接受仲裁文书的，送达人应邀请有关组成的代表或其他人到场，说明情况，在送达回执上证明拒收事由和日期，由送达人、见证人签名或盖章，把仲裁文书留在受送达人的住所，即视为送达。

第五十条　直接送达仲裁文书有困难的，可以委托当事人所在地的仲裁委员会代为送达，或者邮寄送达。邮寄送达，以挂号查询回执上注明的收件日期为送达日期。

第五十一条　受送达人下落不明，或者用本规定的其他方式无法送达仲裁文书的，可公告送达。自发出公告之日起，经过三十日，即视为送达。

公告送达，应当在案卷中记明原因和经过。

第九章　归　　档

第五十二条　劳动争议处理终结后，应将处理过程中形成的全部材料，按类别或时间顺序排列，编写目录、页码，装订成册，立卷归档。

卷宗材料必须是复印、铅印、油印或用钢笔、毛笔书写，不得用铅笔、圆珠笔书写或复写纸复写。

第五十三条　仲裁案卷分正卷和副卷装订。

正卷包括：申诉书、答辩书、法定代表人身份证明书、授权委托书、调查证据、勘验笔录、谈话笔录、开庭通知、仲裁建议书、仲裁决定书、仲裁调解书和仲裁裁决书、送达回执等。

副卷包括：立案审批表、调查提纲、阅卷笔录、汇报笔录、请示报告、上级批示、各种会议笔录、底稿、结案审批表等。

第五十四条　仲裁副卷除仲裁机构外，一律不准借调和查阅。

第五十五条 对仲裁结果不服，到法院起诉或申请执行的案件，法院可以借阅仲裁正卷。律师担任诉讼代理人的，凭证件可以就地查阅仲裁正卷。

第五十六条 案件当事人和与当事人有利害关系的单位及个人不得查阅仲裁案卷。

第五十七条 有关单位和个人如需摘抄正卷内材料的，需经仲裁委员会办事机构负责人批准。

第五十八条 为保证仲裁案卷的完整与安全，各级劳动仲裁委员会办事机构要建立严格的案卷借阅、查阅制度。对需要借出的案卷要明确规定借阅期限，如期归还。归还时要严格检查，确保案卷的完整。

第五十九条 仲裁调解和其他方式结案的案卷，保存期为五年；仲裁裁决结案的案卷，保存期为十年；不服仲裁起诉到法院的案卷，保存期为十五年。

第十章 仲裁费用

第六十条 仲裁委员会受理劳动争议案件，应当按照《劳动合同鉴证和劳动争议仲裁收费管理办法》收取仲裁费。仲裁费分为案件受理费和案件处理费。

受理费标准按国家有关规定执行，由申诉人在仲裁委员会决定立案时预付。

处理费包括差旅费、勘验费、鉴定费、证人误工误餐费、文书表册印制费等。处理费由双方当事人在收到案件受理通知书和申诉书副本后五日内预付。

第六十一条 案件经仲裁委员会调解达成协议的，仲裁费的负担由双方当事人协商解决。案件经仲裁委员会裁决的，仲裁费由败诉方承担。双方部分败诉的，由双方当事人承担。当事人撤诉的，全部费用由撤诉方承担。

仲裁委员会对职工当事人缴纳仲裁费确有困难的，可以减、缓、免。

第十一章 附 则

　　第六十二条　仲裁参加人及仲裁工作人员违反本规则，按《条例》第四章有关规定处理。

　　第六十三条　本规则由劳动部负责解释。

　　第六十四条　本规则自发布之日起实施。

附录：

劳动争议处理流程图

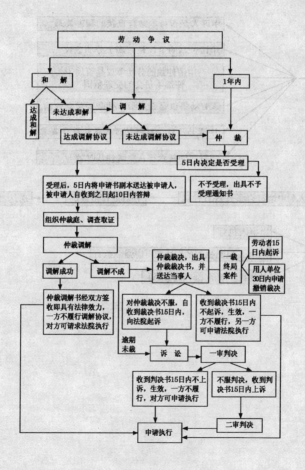

劳动争议仲裁流程图

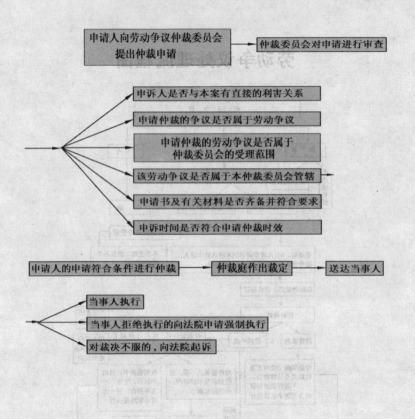

申请人向劳动争议仲裁委员会提出仲裁申请 → 仲裁委员会对申请进行审查

- 申诉人是否与本案有直接的利害关系
- 申请仲裁的争议是否属于劳动争议
- 申请仲裁的劳动争议是否属于仲裁委员会的受理范围
- 该劳动争议是否属于本仲裁委员会管辖
- 申请书及有关材料是否齐备并符合要求
- 申诉时间是否符合申请仲裁时效

申请人的申请符合条件进行仲裁 → 仲裁庭作出裁定 → 送达当事人

- 当事人执行
- 当事人拒绝执行的向法院申请强制执行
- 对裁决不服的,向法院起诉

劳动争议仲裁案件具体处理流程图

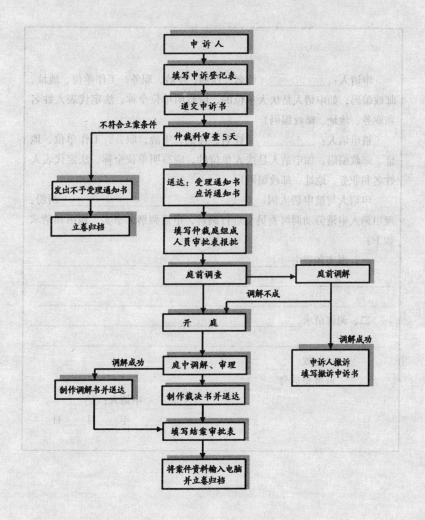

申诉人

填写申诉登记表

递交申诉书

仲裁科审查5天

不符合立案条件

发出不予受理通知书

立卷归档

送达：受理通知书
应诉通知书

填写仲裁庭组成
人员审批表报批

庭前调查 → 庭前调解

调解不成

开　庭

调解成功

申诉人撤诉
填写撤诉申诉书

调解成功

庭中调解、审理

制作调解书并送达

制作裁决书并送达

填写结案审批表

将案件资料输入电脑
并立卷归档

劳动争议调解申请书（参考文本）

　　申请人：_____（姓名、性别、年龄、职务、工作单位、地址、邮政编码，如申请人是法人单位的，应写明单位全称、法定代表人姓名和职务、地址、邮政编码）

　　被申请人：_____（姓名、性别、年龄、职务、工作单位、地址、邮政编码，如申请人是法人单位的，应写明单位全称、法定代表人姓名和职务、地址、邮政编码）

　　申请人与被申请人因_____纠纷，现申请人申请劳动调解委员会进行调解，申请调解的事实、理由和请求如下：

　　一、事实和理由_____

_____

_____

　　二、调解请求_____

_____

　　　　此致
_____调解委员会

　　　　　　　　　　　　　　　　　　　　申请人：_____
　　　　　　　　　　　　　　　　　　　___年___月___日

劳动争议仲裁申请书

劳动争议仲裁申请书
申请人：
委托代理人：
被申请人：
地址：
法定代表人（或主要负责人）：
请求事项
事实和理由：（包括证据和证据来源、证人姓名和住址等情况）
此 致
_____劳动争议仲裁委员会
申请人：_____（签名或盖章）
年 月 日
附：1. 副本_____份；
2. 物证_____件；
3. 书证_____件。

1. 首部。应包括：（1）标题。写明"劳动争议仲裁申请书"。

（2）争议当事人的基本情况。争议当事人包括申请人和被申请人，按申请人在先、被申请人在后的顺序写出申请人的姓名、性别、年龄、民族或国籍、用工性质、工作单位、住址、通信地址等，以及被申请人的企业名称、地址、法定代表人或代表人的姓名和职务。有委托代理人的，应写明代理人的姓名、工作单位等情况。

2. 正文。应包括：（1）请求事项，指申请要达到的目的和要求，请求事项应具体明确；（2）事实和理由，应简要说明双方建立劳动关系的时间、方式以及劳动合同的主要内容，双方争议的形成过程和争议的焦点；（3）主要证据及来源，提出请求事项的主要法律依据等。

3. 尾部。应包括：申请书提交的仲裁机构名称、申请人姓名或名称、申请时间。同时写明提交的副本份数（按被申请人人数提交），物证、书证件数。

劳动诉讼流程示意图

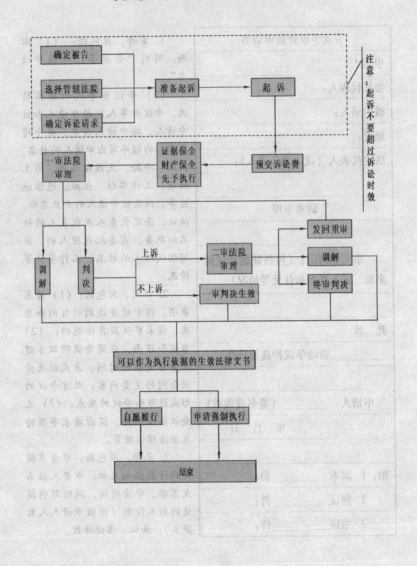